Translated Language Learning

Alices Abenteuer im Wunderland

การผจญภัยของอลิซในแดนมหัศจรรย์

Lewis Carroll

ลูอิส แคร์โรลล์

Deutsch / ไทย

Runter in den Kaninchenbau
ลงหลุมกระต่าย

Alice fing an, sehr müde zu werden

อลิซเริ่มเหนื่อยมาก

Sie saß neben ihrer Schwester auf der Grasbank

เธอนั่งข้างน้องสาวของเธอบนฝั่งหญ้า

aber sie hatte nichts zu tun

แต่เธอไม่มีอะไรทำ

Ihre Schwester las ein Buch

น้องสาวของเธอกำลังอ่านหนังสือ

Ein- oder zweimal schaute Alice in das Buch

ครั้งหรือสองครั้งอลิซแอบมองเข้าไปในหนังสือ

aber das Buch enthielt keine Bilder oder Gespräche

แต่หนังสือเล่มนี้ไม่มีรูปภาพหรือบทสนทนาอยู่ในนั้น

"Was nützt ein Buch ohne Bilder?", dachte Alice

"หนังสือที่ไม่มีรูปภาพมีประโยชน์อะไร" อลิซคิด

"Warum sollte ein Buch keine Gespräche führen?"

"ทำไมหนังสือถึงไม่มีการสนทนา"

Aber sie hatte noch andere Dinge zu bedenken
แต่เธอมีเรื่องอื่นที่ต้องพิจารณา

"Es wäre ein Vergnügen, eine Kette aus Gänseblümchen zu machen"
"การทำโซ่ดอกเดซี่คงเป็นเรื่องที่น่ายินดี"

"Aber lohnt es sich, aufzustehen und die Gänseblümchen zu pflücken??"
"แต่มันคุ้มค่ากับความพยายามในการลุกขึ้นและเก็บดอกเดซี่หรือไม่?"

Das war nicht so leicht zu denken
นี่ไม่ใช่เรื่องง่ายที่จะคิด

weil sie sich an diesem Tag schläfrig und dumm fühlte
เพราะวันนั้นทำให้เธอรู้สึกง่วงนอนและโง่เขลา

aber plötzlich wurden ihre Gedanken unterbrochen
แต่ทันใดนั้นความคิดของเธอก็ถูกขัดจังหวะ

ein weißes Kaninchen mit rosa Augen lief nah an ihr vorbei
กระต่ายขาวที่มีดวงตาสีชมพูวิ่งเข้ามาใกล้เธอ

Es war nichts übermäßig Bemerkenswertes an dem Kaninchen

ไม่มีอะไรน่าทึ่งเกินไปเกี่ยวกับกระต่าย

und Alice fand das Kaninchen auch nicht bemerkenswert

และอลิซก็ไม่คิดว่ากระต่ายนั้นน่าทึ่งเช่นกัน

auch überraschte es sie nicht, als das Kaninchen sprach

และมันก็ไม่ทำให้เธอแปลกใจเมื่อกระต่ายพูด

»O je! Ich werde zu spät kommen!« sagte er zu sich selbst

"โอ้ที่รัก! ฉันจะสายเกินไป!" เขาพูดกับตัวเอง

aber dann tat das Kaninchen etwas, was Kaninchen nicht tun

แต่แล้วกระต่ายก็ทำสิ่งที่กระต่ายไม่ทำ

das Kaninchen zog eine Uhr aus der Westentasche

กระต่ายหยิบนาฬิกาออกจากกระเป๋าเสื้อกั๊ก

Er schaute auf die Uhr und eilte dann weiter

เขามองเวลาแล้วรีบไป

Alice erhob sich erstaunt

อลิซลุกขึ้นยืนด้วยความประหลาดใจ

Sie hatte noch nie zuvor ein Kaninchen mit Weste gesehen!

เธอไม่เคยเห็นกระต่ายสวมเสื้อกั๊กมาก่อน!

noch hatte sie je ein Kaninchen mit einer Uhr gesehen!

เธอไม่เคยเห็นกระต่ายที่มีนาฬิกา!

Alice brannte vor neuer Neugierde

อลิซกำลังลุกโชนด้วยความอยากรู้อยากเห็นใหม่

und sie rannte über das Feld hinter dem Kaninchen her

และเธอก็วิ่งข้ามทุ่งตามกระต่าย

Sie kam gerade noch rechtzeitig, um das Kaninchen verschwinden zu sehen

เธอทันเวลาที่จะเห็นกระต่ายหายไป

Das Kaninchen hüpfte in einen großen Kaninchenbau hinab

กระต่ายกระโดดลงไปในโพรงกระต่ายขนาดใหญ่

Im nächsten Augenblick stürzte Alice hinter dem Kaninchen her!

ในอีกชั่วขณะหนึ่งอลิซก็ล้มลงตามกระต่าย!

Der Kaninchenbau ging geradeaus wie ein Tunnel

หลุมกระต่ายตรงไปราวกับอุโมงค์

und der Tunnel ging noch eine Weile weiter

และอุโมงค์ก็ดำเนินต่อไปเป็นระยะทางหนึ่ง

und dann senkte sich der Weg plötzlich hinunter

แล้วจู่ๆ ทางเดินก็ลดลง

Alice hatte keinen Augenblick, daran zu denken, ob sie sich zurückhalten sollte

อลิซไม่มีเวลาคิดที่จะหยุดตัวเอง

Sie fiel hin und hinunter und hinunter

เธอพบว่าตัวเองล้มลงและลงและลง

Es schien, als sei sie in einen sehr tiefen Brunnen gefallen

ดูเหมือนว่าเธอตกลงไปในบ่อน้ำที่ลึกมาก

Entweder war der Brunnen sehr tief, oder sie fiel sehr langsam

ไม่ว่าจะเป็นบ่อน้ำลึกมากหรือเธอตกลงมาช้ามาก

denn sie hatte viel Zeit zum Fallen

เพราะเธอมีเวลาเหลือเฟือที่จะล้ม

Als sie fiel, konnte sie sich umsehen

ขณะที่เธอกำลังล้มลง เธอสามารถมองไปรอบ ๆ เธอได้

Zuerst versuchte sie herauszufinden, wohin sie ging

ขั้นแรกเธอพยายามหาว่าเธอกำลังจะไปที่ไหน

aber der Brunnen war zu dunkel, um etwas zu sehen

แต่บ่อน้ำมืดเกินกว่าจะมองเห็นอะไรเลย

Dann blickte sie auf die Seiten des Brunnens

จากนั้นเธอก็มองไปที่ด้านข้างของบ่อน้ำ

**Und sie bemerkte, dass überall um sie herum Schränke
standen**

และเธอสังเกตเห็นว่ามีตู้อยู่รอบตัวเธอ

und rings um den Brunnen waren Bücherregale

และรอบๆ บ่อน้ำมีชั้นหนังสือ

**Hier und da sah sie Karten und Bilder, die an Pflöcken
hingen**

ที่นี่และที่นั่นเธอเห็นแผนที่และรูปภาพแขวนอยู่บนหมุด

Im Vorbeigehen nahm sie ein Glas aus einem der Regale

เธอหยิบขวดโหลลงจากชั้นวางชั้นหนึ่งขณะที่เธอเดินผ่าน

Das Glas wurde für seinen Inhalt gekennzeichnet

โถถูกติดฉลากสำหรับเนื้อหา

"MARMELADE AUS ORANGEN"

"แยมผิวส้มทำจากส้ม"

**Aber zu ihrer großen Enttäuschung war das
Marmeladenglas leer**

แต่ด้วยความผิดหวังอย่างมากของเธอคือขวดแยมผิวส้มว่างเปล่า

Sie wollte das leere Marmeladenglas nicht fallen lassen

เธอไม่ต้องการทำขวดแยมผิวส้มเปล่าหล่น

und ihr Fall war sehr langsam

และการล้มของเธอช้ามาก

**So schaffte sie es, das Marmeladenglas in einen der
Schränke zu stellen**

ดังนั้นเธอจึงจัดการใส่โถแยมผิวส้มลงในตู้ตู้หนึ่ง

Nieder, hinunter, hinunter fiel sie!

ลง ลง ลง เธอล้มลง!

Würde der Fall jemals ein Ende haben?

การตกจะสิ้นสุดลงหรือไม่?

Es gab nichts anderes zu tun

ไม่มีอะไรให้ทำอีกแล้ว

so fing Alice bald an, mit sich selbst zu reden

ในไม่ช้าอลิซก็เริ่มพูดกับตัวเอง

»Dinah wird mich heute abend sehr vermissen, sollte ich meinen!«

"คืนนี้ไดนาห์จะคิดถึงฉันมาก ฉันควรจะคิด!"

Dinah war Alices Katze

ไดนาห์เป็นแมวของอลิซ

»Ich hoffe, sie werden sich an ihre Untertasse mit Milch zur Teezeit erinnern.«

"ฉันหวังว่าพวกเขาจะจำจานรองนมของเธอได้ในเวลาน้ำชา"

»Dinah, meine Liebe, ich wünschte, du wärst hier unten bei mir!«

"ไดนาห์ที่รัก ฉันหวังว่าคุณจะอยู่ที่นี่กับฉัน!"

Alice fühlte, als würde sie einschlafen

อลิซรู้สึกว่าเธอกำลังง่วงนอน

Und dann plötzlich, dumpf! Bums!

แล้วทันใดนั้น ก็กระแทก! กระแทก!

Sie fiel auf einen Haufen Stöcke

เธอล้มลงบนกองไม้

und sie landete auf einem Haufen trockener Blätter

และเธอก็ลงจอดบนกองใบไม้แห้ง

Und endlich war der lange Sturz in das Loch vorbei

และในที่สุดการล้มลงหลุมก็จบลง

Alice war kein bisschen verletzt

อลิซไม่ได้รับบาดเจ็บแม้แต่น้อย

und sie sprang in einem Augenblick auf

และเธอก็กระโดดขึ้นภายในชั่วขณะ

Sie blickte auf, aber es war alles dunkel über ihr

เธอเงยหน้าขึ้น แต่เหนือศีรษะมืดไปหมด

Vor ihr lag ein weiterer langer Korridor

ตรงหน้าเธอเป็นทางเดินยาวอีกทางหนึ่ง

und das weiße Kaninchen war noch in Sicht

และกระต่ายขาวก็ยังอยู่ในสายตา

Er eilte den Korridor hinunter

เขากำลังรีบวิ่งไปตามทางเดิน

Es war kein Augenblick zu verlieren

ไม่มีช่วงเวลาใดที่จะเสียไป

davonlief Alice wie der Wind

อลิซวิ่งเหมือนสายลม

um die Ecke drehte sich das Kaninchen

รอบหัวมุมหันกระต่าย

Sie kam gerade noch rechtzeitig, um das Kaninchen zu hören

เธอทันเวลาที่จะได้ยินกระต่าย

"Oh, meine Ohren und Schnurrhaare"

""โอ้ หูและหนวดของฉัน"

"Wie spät es wird!"

"มันดึกแค่ไหน!"

Sie war dicht hinter dem Kaninchen

เธออยู่ข้างหลังกระต่าย

Sie bog um eine weitere Ecke

เธอหันไปอีกมุมหนึ่ง

aber das Kaninchen war nicht mehr zu sehen

แต่กระต่ายไม่ปรากฏให้เห็นอีกต่อไป

Sie befand sich in einer langen, niedrigen Halle

เธอพบว่าตัวเองอยู่ในห้องโถงที่ยาวและเตี้ย

Der Saal wurde von einer Reihe von Deckenlampen erleuchtet

ห้องโถงสว่างไสวด้วยโคมไฟเพดานแถวหนึ่ง

Überall im Saal gab es Türen

มีประตูอยู่รอบห้องโถง

aber alle Türen waren verschlossen

แต่ประตูทั้งหมดถูกล็อค

Sie ging den ganzen Weg an der einen Seite des Flurs hinunter

เธอเดินไปจนสุดทางด้านหนึ่งของห้องโถง

Und sie war den ganzen Weg auf der anderen Seite des Flurs hinaufgegegangen

และเธอก็เดินไปอีกด้านหนึ่งของห้องโถง

Sie hatte jede Tür ausprobiert

เธอได้ลองทุกประตู

Und sie ging traurig in der Mitte des Saales entlang

และเธอเดินไปกลางห้องโถงอย่างเศร้าโศก

"Wie komme ich da mal wieder raus?"

"ฉันจะออกไปอีกได้อย่างไร"

Plötzlich stieß sie auf einen kleinen Tisch
ทันใดนั้นเธอก็มาเจอโต๊ะเล็กๆ

Der Tisch wurde komplett aus massivem Glas gefertigt
โต๊ะทำจากกระจกทึบทั้งหมด

Auf dem Tisch lag nichts als ein winziger goldener Schlüssel
ไม่มีอะไรบนโต๊ะนอกจากกุญแจทองคำเล็กๆ

Der Schlüssel könnte zu einer der Türen gehören!
กุญแจอาจเป็นของประตูบานใดบานหนึ่ง!

Aber ach! Einige der Schlösser waren zu groß für die Schlüssel
แต่อนิจจา! ล็อคบางตัวใหญ่เกินไปสำหรับกุญแจ

und für die anderen Schlösser war der Schlüssel zu klein
และสำหรับล็อคอื่น ๆ กุญแจก็เล็กเกินไป

aber auf jeden Fall öffnete der Schlüssel keine der Türen
แต่ไม่ว่าในกรณีใด กุญแจก็ไม่ได้เปิดประตูใด ๆ

Aber was sollte sie tun?

แต่เธอจะทำอย่างไร?

Sie ging wieder durch den Saal

เธอเดินผ่านห้องโถงอีกครั้ง

Und diesmal bemerkte sie einen niedrigen Vorhang

และคราวนี้เธอสังเกตเห็นม่านเตี้ย

Hinter dem Vorhang war eine kleine Tür

หลังม่านมีประตูเล็กๆ

Die Tür war etwa fünfzehn Zoll hoch

ประตูสูงประมาณสิบห้านิ้ว

Sie probierte den kleinen goldenen Schlüssel im Schloss aus

เธอลองใช้กุญแจทองคำตัวเล็ก ๆ ในล็อค

Und zu ihrer großen Freude passte der Schlüssel ins Schloss!

และเพื่อความสุขของเธออย่างยิ่งกุญแจพอดีกับล็อค!

Alice öffnete die Tür

อลิซเปิดประตู

und sie fand, daß die Tür in einen kleinen Korridor führte

และเธอพบว่าประตูนำไปสู่ทางเดินเล็กๆ

Der Korridor war nicht viel größer als ein Rattenloch

ทางเดินไม่ใหญ่กว่ารูหนูมากนัก

Sie kniete nieder und blickte den Korridor entlang

เธอคุกเข่าลงและมองไปตามทางเดิน

Und sie sah den schönsten Garten, den du je gesehen hast

และเธอได้เห็นสวนที่น่ารักที่สุดที่คุณเคยเห็นมา

wie sehr sie sich danach sehnte, aus dieser dunklen Halle herauszukommen

เธอปรารถนาที่จะออกจากห้องโถงที่มืดมิดนั้นแค่ไหน

wie sie sich wünschte, zwischen diesen leuchtenden Blumen zu wandern

เธอต้องการเดินไปท่ามกลางดอกไม้ที่สดใสเหล่านั้นอย่างไร

Wie cool die Erfrischung dieser Brunnen aussah

น้ำพุเหล่านั้นดูสดชื่นแค่ไหน

aber sie konnte nicht einmal ihren Kopf durch die Tür stecken

แต่เธอไม่สามารถแม้แต่จะสอดศีรษะของเธอผ่านทางเข้าประตู

»Oh,« sagte Alice traurig

"โอ้" อลิซพูดด้วยความเศร้าโศก

»wie sehr wünschte ich, ich könnte mich zusammenfalten wie ein Fernrohr!«

"ฉันหวังว่าฉันจะพับได้เหมือนกล้องโทรทรรศน์!"

"Ich glaube, ich könnte mich zusammenfalten wie ein Teleskop"

"ฉันคิดว่าฉันสามารถพับได้เหมือนกล้องโทรทรรศน์"

"Wenn ich nur wüsste, wie ich anfangen sollte"

"ถ้าฉันรู้วิธีเริ่มต้น"

Alice ging zurück an den Tisch

อลิซกลับไปที่โต๊ะ

Es bestand die Möglichkeit, einen weiteren Schlüssel zu finden

มีโอกาสที่จะพบกุญแจอื่น

Oder es gibt ein Buch mit Regeln

หรืออาจมีหนังสือกฎ

Das Buch könnte ihr sagen, wie man sich wie ein Teleskop zusammenfaltet

หนังสือเล่มนี้สามารถบอกเธอถึงวิธีพับเหมือนกล้องโทรทรรศน์

Diesmal fand sie ein Fläschchen

คราวนี้เธอพบขวดเล็ก ๆ

"Diese Flasche war gewiß vorher nicht hier," sagte Alice

"ขวดนี้ไม่เคยอยู่ที่นี่มาก่อนแน่นอน" อลิซกล่าว

Und um den Flaschenhals war ein Papieretikett gebunden

และผูกไว้ที่คอขวดเป็นฉลากกระดาษ

Das Etikett war wunderschön in großen Buchstaben gedruckt

ฉลากถูกพิมพ์อย่างสวยงามด้วยตัวอักษรขนาดใหญ่

"TRINK MICH"

"ดื่มฉัน"

»Nein, ich werde erst nachsehen«, sagte sie

"ไม่ ฉันจะดูก่อน" เธอกล่าว

"Ich werde sehen, ob die Flasche als giftig gekennzeichnet ist oder nicht."

"ฉันจะดูว่าขวดนั้นมีพิษหรือไม่"

weil sie die Lektion über das Gift nie vergessen hat

เพราะเธอไม่เคยลืมบทเรียนเกี่ยวกับยาพิษ

"Wenn eine Flasche als giftig gekennzeichnet ist, wird sie Ihnen bestimmt nicht zustimmen"

"ถ้าขวดมีป้ายกำกับว่าเป็นพิษ มันจะต้องไม่เห็นด้วยกับคุณ"

Diese Flasche war jedoch nicht als giftig gekennzeichnet

อย่างไรก็ตาม ขวดนี้ไม่ได้ทำเครื่องหมายว่าเป็นพิษ

so wagte Alice es, den Inhalt der Flasche zu kosten

อลิซจึงเสี่ยงที่จะลิ้มรสเนื้อหาในขวด

Sie fand die Flüssigkeit ganz nach ihrem Geschmack

เธอพบว่าของเหลวค่อนข้างถูกใจเธอ

Das Getränk hatte einen gemischten Geschmack

เครื่องดื่มมีรสชาติผสม

Kirschkuchen, Vanillepudding und Ananas

เชอร์รี่ทาร์ต คัสตาร์ด และสับปะรด

Gebratener Truthahn, Toffee und Toast mit heißer Butter

ไก่งวงย่าง ทอฟฟี่ และขนมปังปิ้งกับเนยร้อน

und bald trank sie die Flasche aus

และในไม่ช้าเธอก็ดื่มขวดเสร็จ

"Was für ein merkwürdiges Gefühl!" sagte Alice

"ช่างเป็นความรู้สึกที่แปลกประหลาด!" อลิซกล่าว

"Ich klappe mich zusammen wie ein Teleskop!"

"ฉันกำลังพับเหมือนกล้องโทรทรรศน์!"

Und sie faltete sich tatsächlich zusammen wie ein Teleskop!

และเธอก็พับขึ้นเหมือนกล้องโทรทรรศน์จริงๆ!

Sie war jetzt nur noch zehn Zentimeter groß

ตอนนี้เธอสูงเพียงสิบนิ้ว

und ihr Gesicht erhellte sich bei ihren Gedanken

และใบหน้าของเธอก็สดใสขึ้นเมื่อคิด

Jetzt hatte sie die richtige Größe für das Türchen

ตอนนี้เธอมีขนาดที่เหมาะสมกับประตูเล็ก ๆ

Jetzt konnte sie in diesen schönen Garten gehen

ตอนนี้เธอสามารถเข้าไปในสวนที่สวยงามนั้นได้

Bald hörte sie auf, kleiner zu werden

ในไม่ช้าเธอก็หยุดตัวเล็กลง

Sie beschloß, sofort in den Garten zu gehen

เธอตัดสินใจเข้าไปในสวนทันที

aber wehe der armen Alice!

แต่อนิจจาสำหรับอลิซที่น่าสงสาร!

Sie kam zur Tür

เธอไปถึงประตู

Aber sie hatte den kleinen goldenen Schlüssel vergessen

แต่เธอลืมกุญแจทองคำตัวเล็ก ๆ

Sie ging zurück zum Tisch, um den Schlüssel zu holen

เธอกลับไปที่โต๊ะเพื่อหากุญแจ

aber sie merkte, daß sie nicht hoch genug greifen konnte

แต่เธอพบว่าเธอไม่สามารถไปถึงสูงพอ

Sie konnte den Schlüssel ganz deutlich durch das Glas sehen

เธอสามารถมองเห็นกุญแจได้ชัดเจนผ่านกระจก

Sie versuchte, die Beine des Tisches hinaufzuklettern

เธอพยายามปีนขาโต๊ะ

Aber das Glas war viel zu rutschig

แต่กระจกลื่นเกินไป

Irgendwann erschöpfte sie sich mit dem Versuch

ในที่สุดเธอก็เหนื่อยล้ากับการพยายาม

Und das arme kleine Mädchen setzte sich hin und weinte

และเด็กหญิงตัวเล็ก ๆ ที่น่าสงสารก็นั่งลงและร้องไห้

Alice sprach ziemlich scharf mit sich selbst

อลิซพูดกับตัวเองค่อนข้างเฉียบแหลม

"Komm, es hat keinen Zweck, so zu weinen!"

"มาเถอะ ไม่มีประโยชน์ที่จะร้องไห้แบบนั้น!"

"Ich rate dir, gleich aufzuhören!"

"ฉันแนะนำให้คุณหยุดในนาทีนี้!"

Sie gab sich im Allgemeinen sehr gute Ratschläge

โดยทั่วไปเธอให้คำแนะนำที่ดีมากแก่ตัวเอง

obwohl sie nur sehr selten ihren eigenen Rat befolgte

แม้ว่าเธอจะไม่ค่อยทำตามคำแนะนำของเธอเอง

und sie war manchmal zu streng mit sich selbst

และบางครั้งเธอก็รุนแรงกับตัวเองเกินไป

und ihre Worte trieben ihr Tränen in die Augen

และคำพูดของเธอทำให้น้ำตาไหล

Bald fiel ihr Blick auf einen kleinen Glaskasten

ไม่นานสายตาของเธอก็ตกลงไปที่กล่องแก้วเล็กๆ

Der kleine Glaskasten lag unter dem Tisch

กล่องแก้วเล็ก ๆ วางอยู่ใต้โต๊ะ

In dem Glaskasten befand sich ein sehr kleiner Kuchen

ในกล่องแก้วมีเค้กชิ้นเล็กมาก

Auf dem Kuchen waren einige Worte schön geschrieben

บนเค้กบางคำเขียนได้อย่างสวยงาม

die Worte waren in Johannisbeeren markiert worden

คำถูกทำเครื่องหมายด้วยลูกเกด

"MICH ESSEN"

"กินฉัน"

"Nun, ich werde den Kuchen essen," sagte Alice

"เอาล่ะ ฉันจะกินเค้ก" อลิซกล่าว

"Und wenn mich der Kuchen größer werden lässt, kann ich den Schlüssel erreichen"

"และถ้าเค้กทำให้ฉันโตขึ้น ฉันก็สามารถเข้าถึงกุญแจได้"

"Und wenn mich der Kuchen kleiner werden lässt, kann ich unter die Tür kriechen"

"และถ้าเค้กทำให้ฉันเล็กลง

ฉันก็สามารถคืบคลานเข้าไปใต้ประตูได้"

"Also so oder so komme ich in den Garten"

"ไม่ว่าจะด้วยวิธีใดฉันจะเข้าไปในสวน"

"Und es ist mir egal, was von beidem passiert!"

"และฉันไม่สนใจว่าอันไหนในสองเหตุการณ์จะเกิดขึ้น!"

Sie aß ein wenig von dem Kuchen

เธอกินเค้กเล็กน้อย

und sie sprach ängstlich zu sich selbst:

และเธอพูดกับตัวเองอย่างกังวล:

"In welche Richtung? In welche Richtung?"

"ไปทางไหน? ไปทางไหน?"

und sie hielt die Hand auf den Kopf

และเธอก็เอามือของเธอไว้บนศีรษะของเธอ

Sie wollte spüren, in welche Richtung sie wuchs

เธอต้องการรู้สึกว่าเธอกำลังเติบโตไปทางไหน

Sie war ganz überrascht, als sie erfuhr, was geschehen war

เธอค่อนข้างประหลาดใจที่พบสิ่งที่เกิดขึ้น

Sie war gleich groß geblieben!

เธอยังคงมีขนาดเท่าเดิม!

Also verdoppelte sie dieses Mal ihre Bemühungen

ดังนั้นคราวนี้เธอจึงพยายามเป็นสองเท่า

Und bald war der ganze Kuchen fertig

และในไม่ช้าเธอก็ทำเค้กทั้งชิ้น

Der Pool der Tränen

สระน้ำตา

"Das wird immer interessanter!" rief Alice

"นี่น่าสนใจมากขึ้นเรื่อย ๆ !" อลิซร้อง

Man kann sehen, dass sie sehr überrascht war

คุณจะเห็นได้ว่าเธอประหลาดใจมาก

"Ich öffne mich wie das größte Teleskop, das es je gab!"

"ฉันกำลังเปิดออกเหมือนกล้องโทรทรรศน์ที่ใหญ่ที่สุดเท่าที่เคยมี

มา!"

»Auf Wiedersehen, Füße! Oh, meine armen kleinen Füße"

"ลาก่อนเท้า! โอ้ เท้าเล็ก ๆ ที่น่าสงสารของฉัน"

"Ich frage mich, wer euch jetzt die Schuhe anziehen wird, meine Lieben?"

"ฉันสงสัยว่าใครจะใส่รองเท้าให้คุณตอนนี้ที่รัก"

»und ich frage mich, wer Ihre Strümpfe anziehen wird?«

"และฉันสงสัยว่าใครจะใส่ถุงน่องของคุณ?"

"Ich werde viel zu weit weg sein"

"ฉันจะอยู่ไกลเกินไป"

"Ich werde mich nicht mehr um dich kümmern können"

"ฉันจะไม่สามารถรบกวนตัวเองเกี่ยวกับคุณได้อีกต่อไป"

In diesem Augenblick schlug ihr Kopf gegen etwas

ในขณะนั้นศีรษะของเธอกระแทกกับบางสิ่งบางอย่าง

Sie hatte das Dach des Saales erreicht

เธอไปถึงหลังคาห้องโถงแล้ว

Tatsächlich war sie jetzt mehr als zwei Meter groß

ในความเป็นจริงตอนนี้เธอสูงมากกว่าสองเมตร

und sie ergriff sogleich den kleinen goldenen Schlüssel

และเธอก็หยิบกุญแจทองคำเล็ก ๆ ขึ้นมาทันที

und sie eilte zur Gartentür

และเธอรีบไปที่ประตูสวน

Arme Alice! Es gab nicht viel, was sie tun konnte

อลิซผู้น่าสงสาร! เธอทำอะไรไม่ได้มากนัก

Sie legte sich auf die Seite

เธอนอนอยู่ด้านหนึ่ง

Und sie blickte mit einem Auge in den Garten hinein

และเธอมองเข้าไปในสวนด้วยตาข้างเดียว

Aber durchzukommen war hoffnungsloser denn je

แต่การผ่านไปได้นั้นสิ้นหวังกว่าที่เคย

Sie setzte sich und fing wieder an zu weinen

เธอนั่งลงและเริ่มร้องไห้อีกครั้ง

Sie fuhr fort, literweise Tränen zu vergießen

เธอยังคงหลั่งน้ำตาหลายแกลลอน

Bald war ein großer Pool um sie herum

ในไม่ช้าก็มีสระน้ำขนาดใหญ่รอบตัวเธอ

und das Wasser reichte bis zur Hälfte des Flurs

และน้ำก็มาถึงครึ่งทางของห้องโถง

Nach einer Weile hörte sie ein leises Getrappel von Füßen

หลังจากนั้นไม่นานเธอก็ได้ยินเสียงเท้ากระทบเล็กน้อย

Sie hörte die Füße aus der Ferne kommen

เธอได้ยินเสียงเท้ามาจากระยะไกล

Und sie trocknete sich hastig die Augen, um zu sehen, was kommen würde

และเธอรีบเช็ดตาให้แห้งเพื่อดูว่าจะเกิดอะไรขึ้น

Es war das weiße Kaninchen, das zurückkehrte

มันคือกระต่ายขาวที่กลับมา

Er war prächtig gekleidet

เขาแต่งตัวสวยงาม

Er hatte ein Paar weiße Handschuhe in der einen Hand

เขามีถุงมือสีขาวในมือข้างหนึ่ง

Und in der anderen Hand hatte er einen großen Federfächer

และเขามีพัดขนนกขนาดใหญ่อยู่ในมืออีกข้างหนึ่ง

Er kam in großer Eile dahergetrabt

เขาวิ่งเหยาะๆ ไปด้วยความรีบร้อน

und er murmelte vor sich hin: »Ach! die Herzogin, die Herzogin!«

และเขาพึมพำกับตัวเองว่า "โอ้! ดัชเชส ดัชเชส!"

»Ach! wird sie nicht wild sein, wenn ich sie habe warten lassen?«

"โอ้! เธอจะไม่ป่าเถื่อนหรอกถ้าฉันปล่อยให้เธอรอ!"

Als das Kaninchen in ihre Nähe kam, sprach Alice

เมื่อกระต่ายเข้ามาใกล้เธอ อลิซก็พูด

aber sie sprach mit leiser, schüchterner Stimme

แต่เธอพูดด้วยน้ำเสียงต่ำและขี้อาย

"Sir, bitte hören Sie für einen Moment auf, was Sie tun"

"ท่าน โปรดหยุดสิ่งที่คุณกำลังทำอยู่สักครู่"

Das Kaninchen erschrak heftig

กระต่ายตกใจอย่างรุนแรง

Er ließ die weißen Handschuhe und den Federfächer fallen

เขาทำถุงมือขาวและพัดขนนกหล่น

und er eilte fort in die Dunkelheit, so schnell er konnte

และเขาก็รีบหนีเข้าไปในความมืดให้เร็วที่สุดเท่าที่จะทำได้

Alice hob den Federfächer und die Handschuhe auf

อลิซหยิบพัดขนนกและถุงมือขึ้น

Und sie fächelte sich immer wieder Luft zu, während sie sprach

และเธอก็พัดตัวเองในขณะที่เธอพูดต่อไป

»Liebes, liebes Kind! Wie seltsam ist das alles heute!"

"ที่รักที่รัก! วันนี้ทุกอย่างแปลกแค่ไหน!"

"Gestern ging es weiter wie bisher"

"เมื่อวานสิ่งต่าง ๆ ดำเนินไปตามปกติ"

"War ich heute Morgen noch so, als ich aufgestanden bin?"

"ฉันเหมือนเดิมหรือเปล่าเมื่อฉันตื่นเช้านี้"

"Aber wenn ich nicht mehr derselbe bin, dann ist das eine andere Frage"

"แต่ถ้าฉันไม่เหมือนเดิม ก็มีคำถามอื่น"

"Wer in aller Welt bin ich?"

"ฉันเป็นใครในโลกนี้"

"Ah, das ist das große Rätsel!"

"อ่า นั่นคือปริศนาที่ยิ่งใหญ่!"

Während sie das sagte, blickte sie auf ihre Hände hinunter

ขณะที่เธอพูดเช่นนี้ เธอก็ก้มลงมองมือของเธอ

Sie trug einen der kleinen weißen Handschuhe des Kaninchens

เธอสวมถุงมือสีขาวกระต่ายตัวเล็ก ๆ

Sie hatte nicht bemerkt, dass sie den Handschuh angezogen hatte, während sie sprach

เธอไม่ได้สังเกตว่าเธอสวมถุงมือขณะพูด

"Wie konnte ich das machen?" dachte sie

"ฉันจะทำอย่างนั้นได้อย่างไร" เธอคิด

"Ich muss wieder klein werden"

"ฉันต้องตัวเล็กขึ้นอีกแล้ว"

Sie stand auf und ging zum Tisch, um ihre Größe zu messen

เธอลุกขึ้นและไปที่โต๊ะเพื่อวัดความสูงของเธอ

Sie stellte fest, dass sie jetzt etwa einen halben Meter groß war

เธอพบว่าตอนนี้เธอสูงประมาณครึ่งเมตร

und sie schrumpfte immer noch schnell

และเธอยังคงหดตัวอย่างรวดเร็ว

Bald fand sie heraus, was die Ursache für das Schrumpfen war

ในไม่ช้าเธอก็พบว่าสาเหตุของการหดตัวคืออะไร

Der Federfächer machte sie wieder kleiner!

พัดขนนกทำให้เธอเล็กลงอีกครั้ง!

Und sie ließ hastig den Federfächer fallen

และเธอก็ทำพัดขนนกหล่นอย่างรีบร้อน

Sie ließ den Federfächer gerade noch rechtzeitig fallen, um sich zu retten

เธอทำพัดขนนกหล่นทันเวลาเพื่อช่วยตัวเอง

Hätte sie sich noch länger Luft zugefächelt, wäre sie völlig zusammengeschrumpft

ถ้าเธอพัดตัวเองอีกต่อไปเธอคงหดตัวไปโดยสิ้นเชิง

»Das war ein knappes Entkommen!« sagte Alice

"นั่นเป็นการหลบหนีอย่างหวุดหวิด!" อลิซกล่าว

und sie erschrak sehr über die plötzliche Veränderung

และเธอก็หวาดกลัวมากกับการเปลี่ยนแปลงอย่างกะทันหัน

aber sie war sehr froh, daß sie noch da war

แต่เธอดีใจมากที่พบว่าตัวเองยังคงมีอยู่

"Und jetzt ab in den Garten!"

"และตอนนี้ ไปที่สวน!"

Und sie lief mit aller Geschwindigkeit zurück zu der kleinen Tür

และเธอก็วิ่งกลับไปที่ประตูเล็ก ๆ ด้วยความเร็วทั้งหมด

Aber ach! Das Türchen wurde wieder geschlossen

แต่อนิจจา! ประตูเล็ก ๆ ถูกปิดอีกครั้ง

Und das goldene Schlüsselchen lag wieder auf dem Glastisch

และกุญแจทองคำตัวเล็ก ๆ ก็วางอยู่บนโต๊ะกระจกอีกครั้ง

"Es ist schlimmer als je!" dachte das arme Kind

"สิ่งต่าง ๆ เลวร้ายกว่าที่เคย" เด็กที่น่าสงสารคิด

"So klein war ich noch nie, niemals!"

"ฉันไม่เคยตัวเล็กขนาดนี้มาก่อน ไม่เคย!"

Bei diesen Worten rutschte ihr Fuß aus

ขณะที่เธอพูดคำเหล่านี้ เท้าของเธอก็ลื่นไถล

Und im nächsten Augenblick gab es ein großes Plätschern!

และในอีกชั่วขณะหนึ่งก็มีน้ำกระเด็นอย่างมาก!

Sie stand bis zum Kinn im Salzwasser

เธออยู่ในน้ำเค็มถึงคาง

Ihre erste Idee war, dass sie irgendwie ins Meer gefallen war

ความคิดแรกของเธอคือเธอตกลงไปในทะเล

Sie erkannte jedoch bald, worin sie sich befand

อย่างไรก็ตาม ในไม่ช้าเธอก็ตระหนักว่าเธออยู่ในอะไร

Sie war in einer Tränenlache

เธออยู่ในแอ่งน้ำตา

die Tränen, die sie geweint hatte, als sie zwei Meter groß war

น้ำตาที่เธอร้องไห้เมื่อเธอสูงสองเมตร

In diesem Augenblick hörte sie etwas

ทันใดนั้นเธอก็ได้ยินอะไรบางอย่าง

Etwas plätscherte im Pool herum

มีบางอย่างกระเด็นไปมาในสระ

Das Plätschern kam aus einiger Entfernung

การกระเด็นมาจากระยะไกลเล็กน้อย

und sie schwamm näher, um zu sehen, was das Plätschern war

และเธอก็ว่ายน้ำเข้าไปใกล้เพื่อดูว่าน้ำกระเด็นคืออะไร

Bald sah sie, dass es nur eine kleine Maus war

ในไม่ช้าเธอก็เห็นว่ามันเป็นเพียงหนูตัวน้อย

Auch die kleine Maus war ins Wasser geschlüpft

หนูน้อยก็ลื่นไถลลงไปในน้ำด้วย

Alice dachte bei sich über die Situation nach

อลิซคิดในใจเกี่ยวกับสถานการณ์

"Würde es etwas nützen, mit dieser Maus zu sprechen?"

"มันจะมีประโยชน์ไหมที่จะพูดกับหนูตัวนี้"

"Hier unten steht alles auf dem Kopf"

"ทุกอย่างคว่ำลงที่นี่"

"Ich denke, es ist sehr wahrscheinlich, dass diese Maus sprechen kann."

"ฉันควรคิดว่าหนูตัวนี้พูดได้"

"Es schadet jedenfalls nicht, es zu versuchen"

"ไม่ว่าในกรณีใด การพยายามก็ไม่เป็นอันตราย"

Also begann sie zu versuchen, mit der Maus zu sprechen

ดังนั้นเธอจึงเริ่มพยายามพูดคุยกับหนู

"Oh Maus, kennst du den Weg aus diesem Pool?"

"โอ้เมาส์ คุณรู้ทางออกจากสระน้ำนี้ไหม"

"Ich bin es leid, hier herumzuschwimmen, oh Maus!"

"ฉันเหนื่อยมากกับการว่ายน้ำที่นี่ โอ้เมาส์!"

Die Maus schaute sie ziemlich neugierig an

หนูมองเธอค่อนข้างอยากรู้อยากเห็น

Die Maus schien mit einem ihrer kleinen Augen zu blinzeln

หนูดูเหมือนจะขยิบตาด้วยตาเล็ก ๆ ข้างหนึ่งของมัน

Aber die kleine Maus sagte nichts

แต่หนูน้อยไม่พูดอะไร

"Vielleicht versteht die Maus kein Englisch!" dachte Alice

"บางทีหนูอาจไม่เข้าใจภาษาอังกฤษ" อลิซคิด

"Ich wage zu behaupten, es ist eine französische Maus"

"ฉันกล้าพูดว่ามันเป็นหนูฝรั่งเศส"

"Vielleicht kam diese Maus mit Wilhelm dem Eroberer herüber"

"บางทีหนูตัวนี้อาจจะมากับวิลเลียมผู้พิชิต"

Also fing sie wieder an, auf Französisch

ดังนั้นเธอจึงเริ่มอีกครั้งเป็นภาษาฝรั่งเศส

"Wo ist meine Katze?", fragte sie auf Französisch

"แมวของฉันอยู่ที่ไหน" เธอถามเป็นภาษาฝรั่งเศส

es war der erste Satz in ihrem französischen Unterrichtsbuch

มันเป็นประโยคแรกในหนังสือบทเรียนภาษาฝรั่งเศสของเธอ

Die Maus machte einen plötzlichen Sprung aus dem Wasser

หนูกระโดดขึ้นจากน้ำอย่างกะทันหัน

Und die Maus schien am ganzen Leibe vor Schreck zu zittern

และเมาส์ดูเหมือนจะสั่นสะเทือนด้วยความหวาดกลัว

"Oh, ich bitte um Verzeihung!" rief Alice hastig

"โอ้ ฉันขออภัย!" อลิซร้องอย่างรีบร้อน

Sie fürchtete, sie habe die Gefühle des armen Tieres verletzt

เธอกลัวว่าเธอจะทำร้ายความรู้สึกของสัตว์ที่น่าสงสาร

"Ich habe ganz vergessen, dass du keine Katzen magst"

"ฉันลืมไปแล้วว่าคุณไม่ชอบแมว"

"Ich mag keine Katzen!" rief die Maus mit schriller, leidenschaftlicher Stimme

"ฉันไม่ชอบแมว!" หนูร้องด้วยน้ำเสียงแหลมและเร่าร้อน

"Hättest du gerne Katzen, wenn du ich wärst?"
"คุณอยากได้แมวไหมถ้าคุณเป็นฉัน"

Alice tröstete die Maus in einem beruhigenden Ton
อลิซปลอบโยนเมาส์ด้วยน้ำเสียงที่ผ่อนคลาย

"Naja, vielleicht würde ich an deiner Stelle auch keine Katzen mögen"
"บางทีฉันอาจจะไม่ชอบแมวถ้าฉันเป็นคุณเช่นกัน"

"Bitte ärgern Sie sich nicht über die Erwähnung von Katzen"
"โปรดอย่าโกรธเกี่ยวกับการกล่าวถึงแมว"

"Und doch wünschte ich, ich könnte dir unsere Katze Dina zeigen"
"แต่ฉันก็หวังว่าฉันจะได้แสดงให้คุณเห็นแมวของเราดีนาห์"

"Wenn du sie treffen würdest, würdest du wohl Gefallen an Katzen finden"
"ถ้าคุณพบเธอ ฉันคิดว่าคุณจะชอบแมว"

"Wenn du sie nur sehen könntest"
"ถ้าคุณเห็นเธอ"

"Sie ist so ein liebes, stilles Ding"
"เธอเป็นคนที่รักและเงียบสงบ"

Die Maus zitterte am ganzen Körper
หนูตัวสั่นไปทั่ว

Alice war sich sicher, dass die Maus wirklich beleidigt sein musste
อลิซรู้สึกแน่ใจว่าหนูต้องขุ่นเคืองจริงๆ

"Wir reden nicht mehr über sie, wenn du lieber nicht willst"
"เราจะไม่พูดถึงเธออีกต่อไป ถ้าคุณไม่ต้องการ"

"Wir, allerdings!" rief die Maus
"เราแน่นอน!" หนูร้อง

Die Maus zitterte bis zum Ende ihres Schwanzes

หนูตัวสั่นจนสุดหาง

»Als ob ich über so ein Thema reden würde!«

"ราวกับว่าฉันจะพูดในเรื่องแบบนี้!"

"Unsere Familie hat Katzen schon immer gehasst"

"ครอบครัวเราเกลียดแมวเสมอ"

"Katzen; Gemeine, niedrige, gemeine Dinger!"

"แมว; สิ่งที่น่ารังเกียจ ต่ำต้อย และหยาบคาย!"

"Laß mich den Namen nicht noch einmal hören!"

"อย่าให้ฉันได้ยินชื่ออีก!"

"Katzen will ich ja nicht mehr erwähnen!" sagte Alice

"ฉันจะไม่พูดถึงแมวอีกจริงๆ!" อลิซกล่าว

Sie hatte es sehr eilig, das Thema zu wechseln

เธอรีบเปลี่ยนเรื่องมาก

"Bist du... Lieben Sie Hunde?«

"คุณ... คุณชอบสุนัขไหม"

"Es gibt so einen netten kleinen Hund in der Nähe unseres Hauses."

"มีสุนัขตัวน้อยที่น่ารักอยู่ใกล้บ้านของเรา"

"Ich möchte dir den kleinen Hund zeigen!"

"ฉันอยากจะพาคุณดูสุนัขตัวน้อย!"

"Dieser kleine Hund tötet alle Ratten und...

"สุนัขตัวน้อยตัวนี้ฆ่าหนูทั้งหมดและ..."

»O je!« rief Alice in traurigem Tone

"โอ้ ที่รัก!" อลิซร้องด้วยน้ำเสียงเศร้าโศก

»Ich fürchte, ich habe dich schon wieder beleidigt!«

"ฉันเกรงว่าฉันจะทำให้คุณขุ่นเคืองอีกแล้ว!"

Die Maus schwamm so schnell sie konnte von ihr weg

หนูกำลังว่ายน้ำห่างจากเธอให้เร็วที่สุดเท่าที่จะทำได้

Und die Maus machte einen ziemlichen Aufruhr im Tümpel

และหนูก็สร้างความวุ่นวายในสระ

Da rief sie leise der Maus nach

ดังนั้นเธอจึงเรียกเบา ๆ ตามหนู

"Meine liebe Maus, komm bitte zurück!"

"หนูที่รักของฉัน โปรดกลับมา!"

"Und wir werden nicht über Katzen sprechen"

"และเราจะไม่พูดถึงแมว"

"Und über Hunde müssen wir auch nicht reden"

"และเราก็ไม่ต้องพูดถึงสุนัขด้วย"

Als die Maus das hörte, drehte sie sich um

เมื่อเมาส์ได้ยินเช่นนี้ มันก็หันกลับมา

Und die kleine Maus schwamm langsam zu ihr zurück

และหนูน้อยก็ค่อยๆ ว่ายน้ำกลับมาหาเธอ

Das Gesicht der Maus war ganz blaß

ใบหน้าของหนูค่อนข้างซีด

Und die Maus sprach mit leiser, zitternder Stimme

และหนูก็พูดด้วยเสียงต่ำและสั่นสะเทือน

"Lasst uns ans Ufer gehen"

"เราไปฝั่งกันเถอะ"

"Und dann erzähle ich dir meine Geschichte"

"แล้วฉันจะเล่าประวัติของฉันให้คุณฟัง"

**"Und du wirst verstehen, warum ich Katzen und Hunde
hasse"**

"และคุณจะเข้าใจว่าทำไมฉันถึงเกลียดแมวและสุนัข"

Es war höchste Zeit zu gehen

ถึงเวลาแล้วที่จะไป

weil der Pool ziemlich voll wurde
เพราะสระว่ายน้ำค่อนข้างแออัด
Andere Vögel und Tiere waren in den Pool gefallen
นกและสัตว์อื่น ๆ ตกลงไปในสระ
es gab eine Ente und einen Dodo
มีเป็ดและโดโด
und da waren ein Lory-Vogel und ein Adler
และมีนกลอรี่และนกอินทรี
und es gab noch einige andere interessant aussehende Kreaturen
และมีสิ่งมีชีวิตที่ดูน่าสนใจอีกหลายตัว
Alice führte den Weg aus dem Pool
อลิซนำทางออกจากสระ
und die ganze Gesellschaft der Tiere schwamm ans Ufer
และสัตว์ทั้งกลุ่มก็ว่ายน้ำไปที่ชายฝั่ง

Ein Caucus-Rennen und ein langer Schwanz

การแข่งขันคอคัสและหางยาว

Es waren in der Tat ein lustig aussehender Haufen Tiere

พวกมันเป็นกลุ่มสัตว์ที่ดูตลกจริงๆ

und sie versammelten sich alle am Ufer des Wassers

และพวกเขาทั้งหมดก็รวมตัวกันที่ริมฝั่งน้ำ

die Vögel hatten alle zerzauste Federn

นกทั้งหมดมีขนนกที่ลาก

und die pelzigen Tiere waren durchnässt

และสัตว์ขนยาวก็เปียกโชก

und alle waren triefend nass, genervt und unwohl

และทุกคนก็เปียก รำคาญ และอึดอัด

Es gab eine Frage, die zuerst beantwortet werden musste
มีคำถามหนึ่งที่ต้องตอบก่อน

Was ist der beste Weg für alle, um trocken zu werden?
วิธีที่ดีที่สุดสำหรับทุกคนในการทำให้แห้งคืออะไร?

Sie hatten eine Konsultation zu diesem Thema
พวกเขาได้ปรึกษาหารือเกี่ยวกับเรื่องนี้

Bald waren sie alle auf vertrautem Einvernehmen
ในไม่ช้าพวกเขาก็คุ้นเคยกัน

Es war, als ob sie sie ihr ganzes Leben lang gekannt hätte
ราวกับว่าเธอรู้จักพวกเขามาตลอดชีวิต

Die Maus schien eine Person mit einer gewissen Autorität
zu sein
หนูดูเหมือนจะเป็นคนที่มีอำนาจบางอย่าง

"Setzt euch, ihr alle, und hört mir zu!
"นั่งลง พวกคุณทุกคน และฟังฉัน!

"Ich werde euch bald wieder alle trocken machen!"
"อีกไม่นานฉันจะทำให้พวกคุณแห้งอีกครั้ง!"

Sie setzten sich alle auf einmal in einem großen Ring nieder
พวกเขาทั้งหมดนั่งลงพร้อมกันในวงแหวนขนาดใหญ่

Und die kleine Maus saß in der Mitte
และหนูน้อยนั่งอยู่ตรงกลาง

"Ähm!" sagte die Maus mit einer wichtigen Miene
"อืม!" หนูพูดด้วยอากาศที่สำคัญ

"Seid ihr bereit?"
"พวกคุณพร้อมหรือยัง?"

"Das ist das Trockenste, was ich kenne"
"นี่คือสิ่งที่แห้งที่สุดที่ฉันรู้"

»Schweigen Sie ringsum, wenn Sie wollen!«

"เงียบไปรอบ ๆ ถ้าคุณต้องการ!"

"Wilhelm der Eroberer wurde vom Papst begünstigt"

"วิลเลียมผู้พิชิตเป็นที่โปรดปรานของสมเด็จพระสันตะปาปา"

"aber er wurde bald von den Engländern unterworfen"

"แต่ในไม่ช้าเขาก็ถูกอังกฤษยอมจำนน"

"Sie wollten in letzter Zeit Führer"

"พวกเขาต้องการผู้นำในช่วงหลัง"

"Und sie waren an Macht und Eroberung gewöhnt"

"และพวกเขาคุ้นเคยกับอำนาจและการพิชิต"

"Edwin und Morcar, die Grafen von Mercia und Northumbria"

"เอ็ดวินและมอร์คาร์ เอิร์ลแห่งเมอร์เซียและนอร์ธัมเบรีย"

»Pfui!« sagte der Lori-Vogel mit einem Schauer

"อึม!" นกลอรีพูดด้วยตัวสั่น

"und sogar Stigand, der patriotische Erzbischof von Canterbury"

"และแม้แต่ Stigand อาร์คบิชอปผู้รักชาติแห่งแคนเทอร์เบอรี"

"Er fand es auch ratsam"

"เขายังพบว่ามันเหมาะสม"

"Was hielt er für ratsam?" fragte die Ente

"เขาคิดว่าแนะนำอะไร" เป็ดกล่าว

"Er fand es ratsam", antwortete die Maus ziemlich verärgert

"เขาพบว่ามันแนะนำ" หนูตอบค่อนข้างขวาง

aber die Ente war nicht zufrieden

แต่เป็ดไม่พอใจ

"Natürlich weißt du, was 'es' bedeutet"

"แน่นอน คุณรู้ว่า 'มัน' หมายถึงอะไร"

"Ich weiß, was es ist, wenn ich etwas finde," sagte die Ente

"ฉันรู้ว่า 'มัน' คืออะไรเมื่อฉันพบสิ่งใดสิ่งหนึ่ง" เป็ดกล่าว

"Es ist in der Regel ein Frosch oder ein Wurm"

"โดยทั่วไปจะเป็นกบหรือหนอน"

"Die Frage ist, was hat der Erzbischof gefunden?"

"คำถามคือ อาร์คบิชอปพบอะไร"

Die Maus bemerkte diese Frage nicht

เมาส์ไม่ได้สังเกตเห็นคำถามนี้

Stattdessen fuhr die Maus hastig mit der Rede fort

แต่หนูกลับรีบพูดต่อไป

"Er fand es ratsam, mit Edgar Atheling zu gehen"

"เขาพบว่าควรไปกับ Edgar Atheling"

"um William zu treffen und ihm die Krone anzubieten"

"เพื่อพบกับวิลเลียมและถวายมงกุฏให้เขา"

fuhr die Maus fort und wandte sich dabei an Alice

หนูพูดต่อ หันไปหาอลิซขณะที่มันพูด

»Wie geht es dir jetzt, meine Liebe?«

"ตอนนี้คุณเป็นอย่างไรบ้างที่รัก"

»So naß wie immer,« sagte Alice in melancholischem Tone

"เปียกเหมือนเดิม" อลิซพูดด้วยน้ำเสียงเศร้าโศก

"Diese Geschichte scheint mich überhaupt nicht
auszutrocknen"

"เรื่องนี้ดูเหมือนจะไม่ทำให้ฉันแห้งเลย"

»In diesem Falle,« sagte der Dodo feierlich und erhob sich

"ถ้าอย่างนั้น" โดโดพูดอย่างเคร่งขรึม ลุกขึ้นยืน

"Ich stimme dafür, dass die Sitzung vertagt wird"

"ฉันโหวตให้เลื่อนการประชุม"

"und ich schlage vor, sofort energischere Heilmittel zu
ergreifen"

"และฉันเสนอให้ใช้การเยียวยาที่กระฉับกระเฉงมากขึ้นทันที"

"Sprich wahre Worte!" sagte der Adler

"พูดคำพูดจริง!" นกอินทรีกล่าว

"Ich weiß nicht, was die Hälfte dieser langen Worte bedeutet"

"ฉันไม่รู้ความหมายของคำยาวๆ ครึ่งหนึ่ง"

»und außerdem glaube ich nicht, daß Sie es wissen!«

"และยิ่งไปกว่านั้น ฉันไม่เชื่อว่าคุณรู้เช่นกัน!"

»Was ich sagen wollte«, sagte der Dodo in beleidigtem Ton

"สิ่งที่ฉันกำลังจะพูด" โดโดพูดด้วยน้ำเสียงขุ่นเคือง

"Das Beste, was uns trocken kriegt, wäre ein Caucus-Rennen"

"สิ่งที่ดีที่สุดที่จะทำให้เราแห้งคือการแข่งขันคอคัส"

»Was ist ein Caucus-Rennen?« fragte Alice

"การแข่งขันคอคัสคืออะไร" อลิซกล่าว

"Nun", sagte der Dodo, "der beste Weg, es zu erklären, ist, es zu tun."

"อึม" โดโดกล่าว "วิธีที่ดีที่สุดในการอธิบายคือทำ"

"Zuerst steckte der Dodo eine Rennbahn ab"

"โดโด้แรกทำเครื่องหมายสนามแข่ง"

"Die Strecke verlief in einer Art Kreis"

"แทร็กอยู่ในวงกลม"

"Und dann wurde die ganze Gesellschaft entlang der Strecke platziert"

"จากนั้นปาร์ตี้ทั้งหมดก็ถูกวางไว้ตามเส้นทาง"

Es gab kein "Eins, zwei, drei und weg!"

ไม่มี "หนึ่ง สอง สาม และออกไป!"

aber sie fingen an zu rennen, wann sie wollten

แต่พวกเขาเริ่มวิ่งเมื่อพวกเขาชอบ

Und sie beendeten auch, wenn sie wollten

และพวกเขาก็จบเมื่อพวกเขาชอบ

Es war also nicht einfach zu wissen, wann das Rennen vorbei war

ดังนั้นจึงไม่ง่ายเลยที่จะรู้ว่าการแข่งขันจบลงเมื่อใด

Nach etwa einer halben Stunde Laufen waren sie alle ziemlich trocken

หลังจากวิ่งไปครึ่งชั่วโมงหรือมากกว่านั้น พวกมันก็ค่อนข้างแห้ง

der Dodo rief plötzlich: "Das Rennen ist vorbei!"

จู่ๆ โดโดก็ตะโกนว่า "การแข่งขันจบลงแล้ว!"

Und sie drängten sich alle um den Dodo

และพวกเขาทั้งหมดก็เบียดเสียดกันรอบ ๆ โดโด

Alle Tiere hechelten und schnauften

สัตว์ทุกตัวหอบและพองตัว

und sie alle wollten wissen: "Aber wer hat gewonnen?"

และพวกเขาทุกคนอยากรู้ว่า "แต่ใครชนะ?"

Diese Frage konnte der Dodo nicht sofort beantworten

คำถามนี้โดโดไม่สามารถตอบได้ทันที

Zuerst musste er sehr viel nachdenken

ก่อนอื่นเขาต้องคิดมาก

Nach langem Nachdenken sprach der Dodo schließlich

หลังจากคิดมานาน โดโดก็พูดในที่สุด

"Jeder hat gewonnen, und jeder muss Preise haben"

"ทุกคนชนะ และทุกคนต้องมีรางวัล"

»Aber wer soll die Preise geben?« fragte ein Chor von Stimmen

"แต่ใครจะมอบรางวัล" เสียงร้องประสานเสียงถาม

"Nun, sie natürlich", sagte der Dodo

"แน่นอนว่าเธอ" โดโดกล่าว

und der Dodo deutete mit einem Finger auf Alice

และโดโดชี้ไปที่อลิซด้วยนิ้วเดียว

und die ganze Gesellschaft von Tieren drängte sich um sie

และสัตว์ทั้งกลุ่มก็เบียดเสียดกันรอบตัวเธอ

sie riefen verwirrt: »Preise! Preise!"

พวกเขาตะโกนอย่างสับสนว่า "รางวัล! รางวัล!"

Alice hatte keine Ahnung, was sie tun sollte

อลิซไม่รู้ว่าจะทำอย่างไร

Verzweifelt steckte sie die Hand in die Tasche

ด้วยความสิ้นหวังเธอเอามือเข้าไปในกระเป๋าเสื้อ

Und sie zog eine Schachtel mit Süßigkeiten hervor

และเธอก็หยิบกล่องขนมออกมา

Glücklicherweise war das Salzwasser nicht in den Kasten gelangt

โชคดีที่น้ำเกลือไม่เข้าไปในกล่อง

Und sie reichte die Süßigkeiten als Preise herum

และเธอก็ยื่นขนมให้เป็นรางวัล

Es gab genau ein Stück für jeden

มีชิ้นเดียวสำหรับทุกคน

Das nächste, was sie tun mussten, war, die Süßigkeiten zu essen

สิ่งต่อไปที่พวกเขาต้องทำคือกินขนมหวาน

Dies verursachte einige Geräusche und Verwirrung

สิ่งนี้ทำให้เกิดเสียงรบกวนและความสับสน

Die großen Vögel klagten, dass sie ihre Süßigkeiten nicht schmecken konnten

นกตัวใหญ่บ่นว่าพวกเขาไม่สามารถลิ้มรสขนมของพวกมันได้

Die Kleinen verschluckten sich und mussten auf den Rücken geklopft werden

ตัวเล็ก ๆ สำลักและต้องตบหลัง

Doch dann war es endlich vorbei

อย่างไรก็ตาม ในที่สุดมันก็จบลง

Und sie setzten sich wieder in einem Ring nieder

และพวกเขาก็นั่งลงอีกครั้งในวงแหวน

Und sie flehten die Maus an, ihnen noch etwas zu erzählen

และพวกเขาขอร้องให้หนูบอกอะไรอีก

»Du hast versprochen, mir deine Geschichte zu erzählen, weißt du,« sagte Alice

"คุณสัญญาว่าจะบอกประวัติของคุณให้ฉันฟัง คุณรู้ไหม"

อลิซกล่าว

und sie machte noch eine kleine Bemerkung über Katzen im Flüsterton

และเธอก็พูดเล็กๆ น้อยๆ เกี่ยวกับแมวด้วยเสียงกระซิบ

Sie wollte die Maus nicht noch einmal beleidigen

เธอไม่ต้องการทำให้หนูขุ่นเคืองอีก

die kleine Maus drehte sich zu Alice um und seufzte

หนูน้อยหันไปหาอลิซและถอนหายใจ

"Meine Geschichte ist lang und traurig!"

"ของฉันเป็นเรื่องราวที่ยาวและน่าเศร้า!"

»Es ist gewiß ein langer Schwanz,« sagte Alice

"มันเป็นหางยาวแน่นอน" อลิซกล่าว

Und sie blickte verwundert auf den Schwanz der Maus hinunter

และเธอมองลงมาด้วยความประหลาดใจที่หางหนู

"Aber warum nennst du es einen traurigen Schwanz?"

"แต่ทำไมคุณถึงเรียกมันว่าหางเศร้า"

Und sie rätselte unaufhörlich, während die Maus sprach

และเธอก็งงงวยเกี่ยวกับเรื่องนี้ในขณะที่หนูกำลังพูด

so daß ihre Vorstellung von der Geschichte ungefähr so aussah

ดังนั้นความคิดของเธอเกี่ยวกับนิทานจึงเป็นแบบนี้

"Fury said to
a mouse, That
he met in the
house, 'Let
us both go
to law: *I*
will prosecute
you.—
Come, I'll
take no denial:
We must have
the trial;
For really
this morning
I've
nothing
to do.'
Said the
mouse to
the cur,
'Such a
trial, dear
sir, With
no jury
or judge,
would
be wasting
our
breath.'
'I'll be
judge,
I'll be
jury,'
said
cunning
old
Fury;
'I'll
try
the
whole
cause,
and
condemn
you to
death.'"

Fury sagte zu einer Maus, die er im Haus getroffen hat."

Fury พูดกับหนูว่า เขาพบในบ้าน"

Lasst uns beide vor Gericht gehen: Ich werde euch anklagen

ให้เราทั้งคู่ไปตามกฎหมาย: ฉันจะดำเนินคดีกับคุณ

Kommen Sie, ich leugne es nicht: Wir müssen den Prozeß haben

มาเถอะ ฉันจะไม่ปฏิเสธ: เราต้องมีการพิจารณาคดี

Denn heute morgen habe ich wirklich nichts zu tun

สำหรับจริงๆ เช้านี้ฉันไม่มีอะไรทำ

Sagte die Maus zum Pfarrer;

หนูพูดกับคนร้าย

Ein solcher Prozeß, lieber Herr, ohne Geschworene und Richter, würde uns den Atem rauben

การพิจารณาคดีเช่นนี้ ไม่มีคณะลูกขุนหรือผู้พิพากษา

จะทำให้เราเสียลมหายใจ

»Ich werde Richter sein, ich werde Geschworener sein«, sagte der schlaue alte Fury

"ฉันจะเป็นผู้พิพากษา ฉันจะเป็นคณะลูกขุน" Fury

ผู้เฒ่าเจ้าเล่ห์กล่าว

Ich werde die ganze Sache prüfen und dich zum Tode verurteilen

ฉันจะพยายามทั้งหมดและตัดสินคุณให้ตาย

die Maus sprach streng zu Alice

หนูพูดกับอลิซอย่างรุนแรง

"Du passt nicht auf!"

"คุณไม่สนใจ!"

"Woran denkst du?"

"คุณกำลังคิดอะไรอยู่"

»Ich bitte um Verzeihung,« sagte Alice sehr demütig

"ฉันขอโทษคุณ" อลิซพูดอย่างอ่อนน้อมถ่อมตน

»Sie waren in der fünften Kurve angelangt, glaube ich?«

"ฉันคิดว่าคุณไปถึงโค้งที่ห้าแล้วเหรอ?"

"Du beleidigst mich, indem du so einen Unsinn redest!"

"คุณดูถูกฉันด้วยการพูดเรื่องไร้สาระเช่นนี้!"

Und die Maus stand auf und ging weg

และหนูก็ลุกขึ้นและเดินจากไป

Alice rief der kleinen Maus hinterher

อลิซเรียกตามหนูน้อย

"Bitte komm zurück und beende deine Geschichte!"

"โปรดกลับมาและจบเรื่องราวของคุณ!"

Und die andern stimmten alle in den Chor ein

และคนอื่นๆ ก็เข้าร่วมเป็นนักร้องประสานเสียง

"Ja, bitte beenden Sie Ihre Geschichte!"

"ใช่ โปรดจบเรื่องราวของคุณ!"

Aber die Maus schüttelte nur ungeduldig den Kopf

แต่หนูส่ายหัวอย่างไม่อดทน

Und die kleine Maus ging ein wenig schneller

และหนูน้อยก็เดินเร็วขึ้นเล็กน้อย

"Ich wünschte, ich hätte Dinah, unsere Katze, hier!" sagte Alice

"ฉันหวังว่าฉันจะมีไดนาห์แมวของเราที่นี่!" อลิซกล่าว

Dies erregte in der Partei ein bemerkenswertes Aufsehen

สิ่งนี้ทำให้เกิดความรู้สึกที่น่าทึ่งในหมู่พรรค

Einige der Vögel eilten sofort davon

นกบางตัวรีบออกไปทันที

und ein Kanarienvogel rief mit zitternder Stimme seinen Kindern zu;

และนกขมิ้นก็ร้องด้วยเสียงสั่นสะเทือนกับลูก ๆ ของมัน

»Kommt fort, meine Lieben!«

"ออกไปเถอะที่รัก!"

"Es ist höchste Zeit, dass ihr alle im Bett seid!"

"ถึงเวลาแล้วที่คุณจะอยู่บนเตียง!"

Mit verschiedenen Ausreden gingen sie alle weg

ด้วยข้อแก้ตัวต่างๆ พวกเขาทั้งหมดก็หายไป

und Alice war bald allein

และใน ไม่ช้าอลิซก็ถูกทิ้งไว้ตามลำพัง

"Ich wünschte, ich hätte Dina nicht erwähnt!"

"ฉันหวังว่าฉันจะไม่พูดถึงไดนาห์!"

"Niemand scheint sie hier unten zu mögen"

"ดูเหมือนจะไม่มีใครชอบเธอที่นี่"

"Aber ich bin mir sicher, dass sie die beste Katze von der Welt ist!"

"แต่ฉันแน่ใจว่าเธอเป็นแมวที่ดีที่สุดในโลก!"

Die arme Alice fing wieder an zu weinen

อลิซผู้น่าสงสารเริ่มร้องไห้อีกครั้ง

weil sie sich sehr einsam und niedergeschlagen fühlte

เพราะเธอรู้สึกเหงาและต่ำต้อยมาก

Nach einer Weile aber hörte sie wieder etwas

อย่างไรก็ตาม ไม่นานเธอก็ได้ยินบางอย่างอีกครั้ง

ein leises Getrappel von Schritten in der Ferne

เสียงฝีเท้าเล็กๆ น้อยๆ ในระยะไกล

und sie blickte eifrig auf

และเธอเงยหน้าขึ้นอย่างกระตือรือร้น

Der Hase schickt den kleinen Mr. Bill herein
กระต่ายส่งนายบิลตัวน้อยเข้ามา

Es war das weiße Kaninchen, das langsam wieder zurücktrabte

มันเป็นกระต่ายขาววิ่งเหยาะๆ กลับมาอย่างช้าๆ อีกครั้ง

Er sah sich ängstlich um, während er ging

เขามองไปรอบ ๆ ด้วยความกังวลขณะที่เขาไป

Er sah aus, als hätte er etwas verloren

เขาดูราวกับว่าเขาสูญเสียบางสิ่งบางอย่าง

Alice hörte, wie er vor sich hin murmelte

อลิซได้ยินเขาพึมพำกับตัวเอง

»Die Herzogin! Die Herzogin! Oh, meine lieben Pfoten!"

"ดัชเชส! ดัชเชส! โอ้ อุ้งเท้าที่รักของฉัน!"

"Oh, mein Fell und meine Schnurrhaare!"

"โอ้ ขนและหนวดของฉัน!"

"Sie wird mich hinrichten lassen, da bin ich mir sicher"

"เธอจะประหารชีวิตฉัน ฉันแน่ใจในเรื่องนั้น"

"Genauso sicher, wie Frettchen Frettchen sind!"

"แน่ใจพอๆ กับคุ้ยเขี่ยเป็นคุ้ยเขี่ย!"

"Wo kann ich meine Sachen abgestellt haben, frage ich mich?"

"ฉันจะทิ้งสิ่งของของฉันได้ที่ไหน ฉันสงสัย"

Alice erriet in einem Augenblick, was er suchte

อลิซเดาได้ในชั่วขณะที่เขากำลังมองหาอะไร

Er war auf der Suche nach dem Federfächer

เขากำลังมองหาพัดขนนก

Und er suchte nach dem Paar weißer Handschuhe

และเขากำลังมองหาถุงมือสีขาวคู่หนึ่ง

So machte sie sich sehr gutmütig auf die Suche nach den Handschuhen

ดังนั้นเธอจึงเริ่มมองหาถุงมืออย่างใจดี

Und sie suchte auch nach dem Federfächer

และเธอก็มองหาพัดขนนกด้วย

Aber die Handschuhe und der Federfächer waren nirgends zu sehen

แต่ถุงมือและพัดขนนกก็ไม่มีใครเห็น

Alles schien sich verändert zu haben, seit sie im Pool geschwommen war

ทุกอย่างดูเหมือนจะเปลี่ยนไปตั้งแต่เธอว่ายน้ำในสระ

Nichts war mehr so, wie es war, seit sie in der Großen Halle gewesen war

ไม่มีอะไรเหมือนเดิมตั้งแต่เธออยู่ในห้องโถงใหญ่

und der Glastisch war verschwunden

และโต๊ะกระจกก็หายไป

Und die kleine Tür war auch nicht da

และประตูเล็ก ๆ ก็ไม่มีเช่นกัน

Sehr bald bemerkte das Kaninchen Alice

ในไม่ช้ากระต่ายก็สังเกตเห็นอลิซ

rief er ihr in zornigem Ton zu

เขาเรียกเธอด้วยน้ำเสียงโกรธ

"Mary Ann, was machst du hier draußen?"

"แมรี่ แอน คุณทำอะไรอยู่ที่นี่"

"Lauf in diesem Moment nach Hause"

"วิ่งกลับบ้านในตอนนี้"

"Und hol mir ein Paar Handschuhe und einen Federfächer!"

"และเอาถุงมือและพัดขนนกมาให้ฉัน!"

"Und beeil dich!"

"และรีบไป!"

Alice sprach mit sich selbst, als sie davonrannte

อลิซพูดกับตัวเองขณะที่เธอวิ่งหนีไป

"Er muss mich für sein Hausmädchen gehalten haben!"

"เขาคงเข้าใจผิดว่าฉันเป็นแม่บ้านของเขา!"

"Wie überrascht wird er sein, wenn er herausfindet, wer ich bin!"

"เขาจะประหลาดใจแค่ไหนเมื่อเขารู้ว่าฉันเป็นใคร!"

Während sie dies sagte, stieß sie auf ein hübsches Häuschen

ขณะที่เธอพูดเช่นนี้ เธอก็เจอบ้านหลังเล็ก ๆ ที่เรียบร้อย

An der Tür des Hauses hing eine helle Messingplatte

ที่ประตูบ้านมีแผ่นทองเหลืองสดใส

"W. HASE"

"ดับเบิลยู. แรบบิท"

Sie trat ein, ohne an die Tür zu klopfen

เธอเข้าไปโดยไม่เคาะประตู

und sie eilte geradewegs die Treppe hinauf

และเธอก็รีบตรงขึ้นไปชั้นบน

sie machte sich Sorgen, dass sie die echte Mary Ann treffen könnte

เธอกังวลว่าเธออาจจะได้พบกับแมรี่แอนตัวจริง

denn dann würde sie aus dem Haus gejagt werden

เพราะตอนนั้นเธอจะถูกไล่ออกจากบ้าน

Und sie würde den Federfächer und die Handschuhe nicht finden können

และเธอจะไม่สามารถหาพัดขนนกและถุงมือได้

Alice hatte den Weg in ein aufgeräumtes Kämmerlein gefunden

อลิซหาทางเข้าไปในห้องเล็ก ๆ ที่เป็นระเบียบเรียบร้อย

Im Zimmer stand ein Tisch am Fenster

ในห้องมีโต๊ะข้างหน้าต่าง

und auf dem Tisch stand ein Federfächer

และบนโต๊ะมีพัดขนนก

Und da waren zwei oder drei Paar winzige weiße Handschuhe

และมีถุงมือสีขาวเล็ก ๆ สองหรือสามคู่

Sie hob den Federfächer und ein Paar Handschuhe auf

เธอหยิบพัดขนนกและถุงมือขึ้นมา

und sie war eben im Begriff, das Zimmer zu verlassen

และเธอกำลังจะออกจากห้อง

Aber dann fiel ihr Blick auf ein Fläschchen

แต่แล้วสายตาของเธอก็ตกลงไปที่ขวดเล็ก ๆ

Sie entkorkte die Flasche und führte sie an ihre Lippen

เธอเปิดจุกขวดแล้ววางไว้ที่ริมฝีปากของเธอ

"Ich hoffe, dass ich dadurch wieder groß werde"

"ฉันหวังว่ามันจะทำให้ฉันโตขึ้นอีกครั้ง"

"Ich bin es leid, so ein winziges Ding zu sein!"

"ฉันเหนื่อยกับการเป็นสิ่งเล็ก ๆ น้อย ๆ เช่นนี้!"

Alice hatte kaum die halbe Flasche getrunken

อลิซแทบจะไม่ได้ดื่มครึ่งขวด

Ihr Kopf drückte bereits gegen die Decke

ศีรษะของเธอกดกับเพดานแล้ว

und sie musste sich bücken

และเธอต้องก้มลง

um ihr das Genick vor dem Genickbruch zu bewahren

เพื่อช่วยคอของเธอไม่ให้หัก

Hastig stellte sie die Flasche ab

เธอรีบวางขวดลง

"Das reicht"

"แค่นั้นก็พอแล้ว"

"Ich hoffe, ich wachse nicht mehr"

"ฉันหวังว่าฉันจะไม่เติบโตอีกต่อไป"

Leider! Es war zu spät, das zu wünschen!

อนิจจา! มันสายเกินไปที่จะปรารถนาอย่างนั้น!

Sie wuchs und wuchs weiter

เธอเติบโตและเติบโตต่อไป

und sehr bald musste sie sich auf den Boden knien

และในไม่ช้าเธอก็ต้องคุกเข่าลงบนพื้น

und selbst dann wuchs sie weiter

และถึงกระนั้นเธอก็เติบโตต่อไป

Als letztes Mittel streckte sie einen Arm aus dem Fenster

เธอยื่นแขนข้างหนึ่งออกไปนอกหน้าต่างเพื่อเป็นทรัพยากรสุดท้าย

und sie setzte einen Fuß auf den Schornstein

และเธอก็เอาเท้าข้างหนึ่งขึ้นไปบนปล่องไฟ

"Jetzt kann ich nicht mehr, was auch immer passiert"

"ตอนนี้ฉันทำอะไรไม่ได้แล้ว ไม่ว่าจะเกิดอะไรขึ้น"

»Was wird aus mir?«

"จะเกิดอะไรขึ้นกับฉัน?"

Alice hatte Glück

อลิซมีจุดแห่งโชค

Das kleine Zauberfläschchen hatte seine volle Wirkung entfaltet

ขวดวิเศษเล็ก ๆ มีผลเต็มที่

und Alice wurde nicht größer, als sie war

และอลิซก็ไม่โตกว่าเธอ

Nach ein paar Minuten hörte sie draußen eine Stimme

หลังจากนั้นไม่กี่นาทีเธอก็ได้ยินเสียงข้างนอก

Und sie blieb stehen, um der Stimme zu lauschen

และเธอหยุดฟังเสียงนั้น

»Mary Ann! Mary Ann!« sagte die Stimme

"แมรี่ แอนน์! แมรี่ แอน!" เสียงนั้นกล่าว

"Hol mir gleich meine Handschuhe!"

"เอาถุงมือมาให้ฉันในตอนนี้!"

Dann ertönte ein leises Getrappel von Füßen auf der Treppe

จากนั้นก็มีเสียงเท้ากระทบเล็กน้อยบนบันได

Alice wusste, dass es das Kaninchen war, das kam, um sie zu suchen

อลิซรู้ว่าเป็นกระต่ายที่มาหาเธอ

und sie zitterte, bis sie das Haus erschütterte

และเธอตัวสั่นจนเขย่าบ้าน

Sie vergaß ganz, welche Proportionen sie hatte

เธอลืมไปแล้วว่าสัดส่วนของเธอคืออะไร

Sie war tausendmal so groß wie das Kaninchen

เธอใหญ่กว่ากระต่ายพันเท่า

und sie hatte keinen Grund, sich vor einem Kaninchen zu fürchten

และเธอไม่มีเหตุผลที่จะกลัวกระต่าย

Bald kam das Kaninchen an die Tür heran

ในไม่ช้ากระต่ายก็มาที่ประตู

Und das kleine Kaninchen versuchte, die Tür zu öffnen

และกระต่ายน้อยพยายามเปิดประตู

Die Tür begann sich nach innen zu öffnen

ประตูเริ่มเปิดเข้าด้านใน

aber Alices Ellbogen wurde hart gegen die Tür gedrückt

แต่ข้อศอกของอลิซถูกกดอย่างแรงกับประตู

Dieser Versuch erwies sich als Fehlschlag

ความพยายามนั้นพิสูจน์แล้วว่าล้มเหลว

Alice hörte, wie das Kaninchen mit sich selbst sprach

อลิซได้ยินกระต่ายพูดกับตัวเอง

"Dann gehe ich herum und steige durch das Fenster ein"

"ถ้าอย่างนั้นฉันจะไปรอบ ๆ และเข้าไปทางหน้าต่าง"

"Das wirst du nicht!" dachte Alice

"ที่คุณจะไม่!" อลิซคิด

und sie wartete wieder ein wenig

และเธอรออีกเล็กน้อย

Bald hörte sie das Kaninchen gerade unter dem Fenster

ในไม่ช้าเธอก็ได้ยินเสียงกระต่ายใต้หน้าต่าง

Plötzlich streckte sie ihre Hand aus

ทันใดนั้นเธอก็กางมือออก

Und sie machte einen Sprung in die Luft

และเธอก็ฉกฉวยในอากาศ

Sie bekam nichts in die Finger

เธอไม่ได้ครอบครองอะไรเลย

aber sie hörte einen kleinen Schrei und einen Sturz

แต่เธอได้ยินเสียงกรีดร้องเล็กน้อยและล้มลง

und sie hörte ein Krachen von zerbrochenem Glas

และเธอได้ยินเสียงกระจกแตก

Vielleicht war das Kaninchen gefallen

บางทีกระต่ายอาจจะล้มลง

Vielleicht war er in einem Gewächshaus

บางทีเขาอาจอยู่ในเรือนกระจก

Dann ertönte eine zornige Stimme; Die Stimme des Kaninchens

ถัดมามีเสียงโกรธ เสียงกระต่าย

"Pat, wo bist du?"

"แพท คุณอยู่ที่ไหน"

Und dann ertönte eine Stimme, die sie noch nie zuvor gehört hatte

แล้วเสียงที่เธอไม่เคยได้ยินมาก่อนก็ดังขึ้น

"Euer Ehren, ich bin hier!"

"ท่านผู้มีเกียรติ ฉันอยู่ที่นี่!"

"Ich grabe nach Äpfeln"

"ฉันกำลังขุดแอปเปิ้ล"

»Hier! Komm und hilf mir da raus!"

"นี่! มาช่วยฉันจากเรื่องนี้!"

»Nun sag mir, Pat, was ist das da im Fenster?«

"ตอนนี้บอกฉันหน่อย แพท มันมีอะไรอยู่ในหน้าต่าง"

"Sicher, Euer Ehren, ich werde es Ihnen sagen"

"แน่นอน ท่านผู้มีเกียรติ ฉันจะบอกคุณ"

"Das ist ein Arm, der im Fenster steckt!"

"มันเป็นแขนที่อยู่ในหน้าต่าง!"

"Na ja, da hat ein Arm nichts zu suchen"

"อืม แขนไม่มีธุระที่นั่น"

"Geh und nimm den Arm weg!"

"ไปเอาแขนออกไป!"

Hierauf trat ein langes Schweigen ein

หลังจากนั้นก็เงียบไปนาน

und Alice konnte nur ab und zu ein Flüstern hören

และอลิซได้ยินเสียงกระซิบเป็นครั้งคราว

und endlich streckte sie die Hand wieder aus

และในที่สุดเธอก็กางมือออกอีกครั้ง

Und sie machte einen weiteren Sprung in die Luft

และเธอก็ฉกอีกครั้งในอากาศ

Diesmal gab es zwei kleine Schreie

คราวนี้มีเสียงกรีดร้องเล็กๆ สองครั้ง

und es gab noch mehr Geräusche von zerbrochenem Glas

และมีเสียงกระจกแตกมากขึ้น

"Ich möchte wohl wissen, was sie nun tun werden!" dachte Alice

"ฉันสงสัยว่าพวกเขาจะทำอะไรต่อไป!" อลิซคิด

"Ich wünschte, sie würden mich aus dem Fenster ziehen"

"ฉันหวังว่าพวกเขาจะดึงฉันออกจากหน้าต่าง"

Sie wartete eine Weile

เธอรอสักครู่

aber eine Weile hörte sie nichts mehr

แต่ชั่วขณะหนึ่งเธอไม่ได้ยินอะไรอีก

Endlich ertönte das Rumpeln kleiner Rädchen

ในที่สุดก็มีเสียงล้อเล็ก ๆ ดังก้อง

Und da ertönten viele Stimmen

และเสียงของเสียงมากมายก็ดังขึ้น

Alle Stimmen sprachen miteinander

เสียงทั้งหมดกำลังพูดคุยกัน

Sie konnte einige der Worte verstehen

เธอสามารถเข้าใจคำพูดบางคำได้

"Wo ist die andere Leiter?"

"บันไดอีกข้างอยู่ที่ไหน"

"Bill hat die andere Leiter"

"บิลมีบันไดอื่น"

"Bill, komm her!"

"บิล มาที่นี่!"

"Wird das Dach die Last tragen?"

"หลังคาจะรับน้ำหนักได้หรือไม่"

"Wer will schon den Schornstein hinuntergehen?"

"ใครอยากลงไปในปล่องไฟ"

»Nein, das werde ich nicht! Du machst es!«

"ไม่ ฉันจะไม่! คุณทำมัน!"

»Hier, Bill!«

"นี่ บิล!"

"Der Meister sagt, du musst in den Schornstein hinunter!"

"อาจารย์บอกว่าคุณต้องลงไปในปล่องไฟ!"

Alice zog ihren Fuß so weit den Schornstein hinab, wie sie konnte

อลิซดึงเท้าของเธอลงไปตามปล่องไฟให้ไกลที่สุดเท่าที่จะทำได้

Und dann wartete sie, was kommen würde

จากนั้นเธอก็รอดูว่าจะเกิดอะไรขึ้น

Sie hörte ein kleines Tier kratzen und krabbeln

เธอได้ยินเสียงสัตว์ตัวน้อยเกาและแย่งชิง

Das Tierchen muss sich im Schornstein befinden

สัตว์ตัวน้อยต้องอยู่ในปล่องไฟ

dann gab sie einen scharfen Tritt

จากนั้นเธอก็เตะอย่างแรง

Und sie wartete ab, was als nächstes geschehen würde

และเธอรอดูว่าจะเกิดอะไรขึ้นต่อไป

Sie hörte einen allgemeinen Chor von Stimmen

เธอได้ยินเสียงประสานเสียงทั่วไป

"Da geht Bill!", sagten alle

"บิลไปแล้ว!" พวกเขาทั้งหมดพูด

Dann hörte sie allein die Stimme des Kaninchens

จากนั้นเธอก็ได้ยินเสียงกระต่ายเพียงลำพัง

"Du an der Hecke, fang ihn!"

"คุณข้างพุ่มไม้ จับเขา!"

Es trat wieder ein Augenblick des Schweigens ein
มีความเงียบสงบอีกครั้ง

Und dann gab es wieder ein Stimmengewirr
แล้วก็เกิดความสับสนของเสียงอีกครั้ง

"Halt seinen Kopf hoch, Brandy"
"ยกศีรษะขึ้นเถอะ บรั่นดี"

"Pass auf, dass du ihn nicht würgst"
"ระวังอย่าสำลักเขา"

"Was ist mit dir passiert?"
"เกิดอะไรขึ้นกับคุณ?"

Zuletzt kam eine kleine, schwache, quietschende Stimme
สุดท้ายมีเสียงอ่อนแอและแหลมเล็กน้อย

"Nun, ich weiß es kaum mehr"
"ฉันแทบไม่รู้อีกแล้ว"

"Danke euch allen, mir geht es jetzt besser"
"ขอบคุณทุกคน ตอนนี้ฉันดีขึ้นแล้ว"

"Es gibt eine Sache, an die ich mich erinnern kann"
"มีสิ่งหนึ่งที่ฉันจำได้"

"Irgendetwas kommt auf mich zu wie ein Zug im Tunnel"
"มีบางอย่างเข้ามาหาฉันเหมือนรถไฟในอุโมงค์"

"Und ich fliege hoch wie eine Rakete!"
"และฉันบินขึ้นเหมือนขวัญลอยฟ้า!"

Es gab ein oder zwei Minuten des Schweigens
มีความเงียบสงบหนึ่งหรือสองนาที

Und dann fingen sie wieder an, sich zu bewegen
แล้วพวกเขาก็เริ่มเคลื่อนไหวอีกครั้ง

und Alice hörte das Kaninchen wieder sprechen

และอลิซได้ยินกระต่ายพูดอีกครั้ง

"Ein Karren voll reicht für den Anfang"

"คนที่มีน้ำหนักมากจะทำ ตั้งแต่แรก"

"Einen Karren voll wovon?" dachte Alice

"รถเข็นเต็มไปด้วยอะไร?" อลิซคิด

Aber sie wurde nicht lange in Atem gehalten

แต่เธอไม่ได้ถูกเก็บไว้ในความสงสัยนาน

Ein Regen von kleinen Kieselsteinen drang durch das Fenster

ฝนก้อนกรวดเล็ก ๆ ไหลผ่านหน้าต่าง

und einige der kleinen Kieselsteine trafen sie im Gesicht

และก้อนกรวดเล็ก ๆ บางส่วนก็โดนหน้าเธอ

Alice wunderte sich über die kleinen Kieselsteine

อลิซประหลาดใจกับก้อนกรวดเล็กๆ

all die kleinen Kieselsteine verwandelten sich in Kuchen

ก้อนกรวดเล็ก ๆ ทั้งหมดกลายเป็นเค้ก

und eine glänzende Idee kam ihr in den Kopf

และความคิดที่สดใสก็เข้ามาในหัวของเธอ

"Einen von diesen Kuchen sollte ich essen"

"ฉันควรกินเค้กเหล่านี้สักชิ้น"

"Der Kuchen wird sicher etwas an meiner Größe ändern"

"เค้กแน่ใจว่าจะเปลี่ยนขนาดของฉัน"

Also schluckte sie einen der Kuchen

เธอจึงกลืนเค้กชิ้นหนึ่ง

und sie freute sich, als sie feststellte, dass sie anfing zu schrumpfen

และเธอดีใจที่พบว่าเธอเริ่มหดตัว

Bald war sie klein genug, um durch die Tür zu kommen

ในไม่ช้าเธอก็ตัวเล็กพอที่จะผ่านประตูได้

Sie rannte aus dem Haus

เธอวิ่งออกจากบ้าน

Draußen wartete eine Menge kleiner Tiere und Vögel

ฝูงสัตว์และนกตัวเล็ก ๆ รออยู่ข้างนอก

alle kleinen Vögel und Tiere stürzten sich auf Alice

นกและสัตว์ตัวเล็ก ๆ ทั้งหมดพุ่งเข้าหาอลิซ

aber sie rannte davon, so schnell sie konnte

แต่เธอวิ่งหนีไปให้เร็วที่สุดเท่าที่จะทำได้

und bald fand sie sich sicher in einem dichten Walde

และในไม่ช้าเธอก็พบว่าตัวเองปลอดภัยในป่าทึบ

Alice irrte im Walde umher

อลิซเดินไปมาในป่า

Und sie dachte bei sich:

และเธอคิดในใจ:

"Ich weiß, was ich zuerst zu tun habe"

"ฉันรู้ว่าฉันต้องทำอะไรก่อน"

"erst muss ich wieder auf meine richtige Größe wachsen"

"ก่อนอื่นฉันต้องเติบโตให้มีขนาดที่เหมาะสมอีกครั้ง"

"Und dann muss ich den Weg in diesen schönen Garten finden"

"แล้วฉันก็ต้องหาทางเข้าไปในสวนที่น่ารักนั้น"

"Ich glaube, ich sollte irgendetwas essen oder trinken"

"ฉันคิดว่าฉันควรกินหรือดื่มอะไรหรืออย่างอื่น"

"Aber die Frage ist, was soll ich essen oder trinken?"

"แต่คำถามคือฉันควรกินหรือดื่มอะไร"

Alice blickte sich um und betrachtete die Blumen

อลิซมองไปรอบ ๆ เธอที่ดอกไม้

Und sie schaute durch die Grashalme hindurch
และเธอมองผ่านใบหญ้า
aber sie konnte nichts zu essen und zu trinken sehen
แต่เธอมองไม่เห็นอะไรให้กินหรือดื่ม
Nichts sah nach dem Richtigen zum Essen oder Trinken aus
ไม่มีอะไรดูเหมือนสิ่งที่ถูกต้องที่จะกินหรือดื่ม
In ihrer Nähe wuchs ein großer Pilz
มีเห็ดขนาดใหญ่เติบโตอยู่ใกล้เธอ
der Pilz war ungefähr so groß wie Alice
เห็ดมีความสูงเท่ากับอลิซ
Sie streckte sich auf den Zehenspitzen auf
เธอยืดตัวด้วยการเขย่งเท้า
Und sie guckte über den Rand des Pilzes
และเธอก็แอบมองไปที่ขอบเห็ด
Ihre Augen trafen sofort die Augen einer großen blauen
Raupe
ดวงตาของเธอสบตากับหนอนผีเสื้อสีน้ำเงินตัวใหญ่ทันที
Die Raupe saß auf der Spitze des Pilzes
หนอนผีเสื้อนั่งอยู่บนยอดเห็ด
und die Raupe hatte alle Arme gekreuzt
และหนอนผีเสื้อก็ไขว้แขนทั้งหมด
Und er rauchte leise eine lange Wasserpfeife
และเขากำลังสูบมอระกู่ยาวอย่างเงียบ ๆ
und er nahm nicht die geringste Notiz von irgendetwas
และเขาไม่ได้สังเกตเห็นอะไรเลยแม้แต่น้อย
und er achtete gewiß nicht auf Alice
และเขาไม่ได้สนใจอลิซอย่างแน่นอน

Ratschläge von einer Raupe
คำแนะนำจากหนอนผีเสื้อ

Endlich nahm die Raupe die Shisha aus dem Maul
ในที่สุดหนอนผีเสื้อก็เอามอระกู่ออกจากปากของมัน
und er redete Alice mit einer trägen, schläfrigen Stimme an
และเขาพูดกับอลิซด้วยน้ำเสียงที่อ่อนโยนและง่วงนอน
"Wer bist du?" fragte die Raupe
"คุณเป็นใคร" หนอนผีเสื้อพูด

Alice antwortete etwas schüchtern: "Ich weiß es kaum, Sir."
อลิซตอบอย่างเขินอายว่า "ฉันแทบไม่รู้เลยครับท่าน"
"Gerade im Moment ist alles ein bisschen..."
"แค่ตอนนี้มันก็นิดหน่อย..."
"Ich weiß, wer ich war, als ich heute Morgen aufgestanden bin."
"ฉันรู้ว่าฉันเป็นใครเมื่อฉันตื่นเช้านี้""
"aber ich glaube, ich muss mich seitdem mehrmals verändert haben"
"แต่ฉันคิดว่าฉันคงเปลี่ยนไปหลายครั้งตั้งแต่นั้นมา"

"Was meinst du damit?" sagte die Raupe

"คุณหมายความว่าอย่างไร" หนอนผีเสื้อกล่าว

Streng forderte die Raupe sie auf, sich zu erklären

หนอนผีเสื้อขอให้เธออธิบายตัวเองอย่างเคร่งครัด

»Ich kann mich nicht erklären, fürchte ich, Sir«, sagte Alice

"ฉันไม่สามารถอธิบายตัวเองได้ ฉันกลัวครับท่าน" อลิซกล่าว

"weil ich nicht ich selbst bin"

"เพราะฉันไม่ใช่ตัวของตัวเอง"

"Du siehst, es ist sehr verwirrend, so viele verschiedene
Größen an einem Tag zu haben"

"คุณเห็นไหม การมีหลายขนาดในหนึ่งวันนั้นสับสนมาก"

Sie raffte sich auf und sagte sehr ernst:

เธอลุกขึ้นและพูดอย่างจริงจัง:

"Ich denke, du solltest mir zuerst sagen, wer du bist"

"ฉันคิดว่าคุณควรบอกฉันว่าคุณเป็นใครก่อน"

"Warum?" fragte die Raupe

"ทำไม?" หนอนผีเสื้อพูด

Alice fiel kein guter Grund ein

อลิซคิดเหตุผลไม่ดี

und die Raupe schien sich in einem sehr unangenehmen
Gemütszustand zu befinden

และหนอนผีเสื้อดูเหมือนจะอยู่ในสภาพจิตใจที่ไม่พึงประสงค์มาก

also wandte sie sich ab

เธอจึงหันหลังไป

"Komm zurück!" rief ihr die Raupe nach

"กลับมา!" หนอนผีเสื้อเรียกตามเธอ

"Ich habe etwas Wichtiges zu sagen!"

"ฉันมีบางอย่างสำคัญที่จะพูด!"

Alice drehte sich um und kam wieder zurück

อลิซหันกลับมาอีกครั้ง

"Behalte die Fassung!" sagte die Raupe

"รักษาอารมณ์ของคุณ" หนอนผีเสื้อกล่าว

»Ist das alles?« fragte Alice

"แค่นั้นเหรอ" อลิซกล่าว

und sie schluckte ihren Zorn hinunter, so gut sie konnte

และเธอกลืนความโกรธของเธอให้ดีที่สุดเท่าที่จะทำได้

"Nein!" sagte die Raupe

"ไม่" หนอนผีเสื้อกล่าว

Die Raupe breitete ihre Arme aus

หนอนผีเสื้อกางแขนออก

Und er nahm die Shisha wieder aus dem Mund

และเขาก็เอามอระกู่ออกจากปากอีกครั้ง

Und er sagte: "Du glaubst also, du bist verändert, oder?"

และเขาพูดว่า "คุณคิดว่าคุณเปลี่ยนไปแล้วใช่ไหม"

»Ich fürchte, ich bin verändert, Sir,« sagte Alice

"ฉันกลัว ฉันเปลี่ยนไปแล้ว" อลิซกล่าว

"Ich kann mich nicht mehr so an Dinge erinnern, wie ich sie früher in Erinnerung hatte"

"ฉันจำสิ่งต่าง ๆ ไม่ได้เหมือนที่เคยจำได้"

"Und ich bleibe nicht länger als zehn Minuten gleich groß!"

"และฉันไม่ได้อยู่เท่าเดิมเกินสิบนาที!"

"Wie groß willst du sein?" fragte die Raupe

"คุณต้องการเป็นขนาดไหน" หนอนผีเสื้อถาม

»Oh, es ist mir nicht besonders wichtig, wie groß ich bin«, erwiderte Alice hastig

"โอ้ ฉันไม่สนใจว่าฉันมีขนาดเท่าไร" อลิซรีบตอบ

"Ich mag es einfach nicht, so oft die Größe zu wechseln, weißt du"

"ฉันแค่ไม่ชอบเปลี่ยนขนาดบ่อยนัก คุณรู้ไหม"

"Ich würde gerne etwas größer sein, Sir"

"ฉันอยากจะใหญ่ขึ้นอีกหน่อยครับท่าน"

»wenn es dir nichts ausmacht,« fügte Alice hinzu

"ถ้าคุณไม่รังเกียจ" อลิซกล่าวเสริม

"Zehn Zentimeter sind so eine erbärmliche Größe"

"สิบเซนติเมตรเป็นความสูงที่น่าสงสารมาก"

"Das ist wirklich eine sehr gute Höhe!" sagte die Raupe ärgerlich

"มันเป็นความสูงที่ดีมากจริงๆ!" หนอนผีเสื้อพูดอย่างโกรธแค้น

und er richtete sich auf, während er sprach

และเขาก็ลุกขึ้นตัวตรงขณะที่เขาพูด

Er war genau zehn Zentimeter groß

เขาสูงสิบเซนติเมตรพอดี

In ein oder zwei Minuten war die Raupe vom Pilz heruntergekommen

ในหนึ่งหรือสองนาทีหนอนผีเสื้อก็ลงจากเห็ด

und er kroch ins Gras

และเขาก็คลานออกไปในพงหญ้า

Als er sich entfernte, machte er einige kleine Bemerkungen

ขณะที่เขาจากไป เขาก็พูดเล็กๆ น้อยๆ

"Eine Seite lässt dich größer werden"

"ด้านหนึ่งจะทำให้คุณสูงขึ้น"

"Und die andere Seite wird dich kleiner werden lassen"

"และอีกด้านหนึ่งจะทำให้คุณเตี้ยลง"

"Eine Seite wovon?" dachte Alice bei sich

"ด้านใดด้านหนึ่ง?" อลิซคิดกับตัวเอง

"Die andere Seite von was?"

"อีกด้านหนึ่งของอะไร?"

"Die Seite des Pilzes!" sagte die Raupe

"ด้านข้างของเห็ด" หนอนผีเสื้อกล่าว

Es war, als hätte sie ihre Frage laut gestellt

ราวกับว่าเธอถามคำถามของเธอดัง ๆ

und im nächsten Augenblick war er außer Sichtweite

และในอีกชั่วขณะหนึ่งเขาก็หายไปจากสายตา

Alice blieb stehen und betrachtete den Pilz nachdenklich

อลิซยังคงมองเห็ดอย่างครุ่นคิด

Sie versuchte herauszufinden, welche die beiden Seiten des Pilzes waren

เธอพยายามหาว่าเห็ดทั้งสองด้านคืออะไร

Endlich streckte sie ihre Arme um den Pilz

ในที่สุดเธอก็เหยียดแขนโอบเห็ด

und sie brach ein Stück der Ränder ab

และเธอก็หักขอบเล็กน้อย

»Und nun, welche Seite ist welche?« fragte sie sich

"แล้วตอนนี้ ฝั่งไหนเป็นฝ่ายไหน" เธอพูดกับตัวเอง

und sie knabberte ein wenig von dem Stück der rechten Hand

และเธอแทะบิตขวาเล็กน้อย

Im nächsten Augenblick spürte sie einen heftigen Schlag unter ihrem Kinn

วินาทีถัดมาเธอรู้สึกถึงการกระแทกอย่างรุนแรงใต้คางของเธอ

Ihr Kinn hatte ihren Fuß getroffen!

คางของเธอกระแทกเท้าของเธอ!

Sie war sehr erschrocken über diese sehr plötzliche Veränderung

เธอรู้สึกหวาดกลัวมากกับการเปลี่ยนแปลงอย่างกะทันหันนี้

Sie schrumpfte sehr schnell

เธอหดตัวอย่างรวดเร็ว

Also aß sie schnell etwas von dem anderen Stück Pilz

ดังนั้นเธอจึงรีบกินเห็ดอีกเล็กน้อย

Ihr Kinn war sehr eng gegen ihren Fuß gepresst

คางของเธอถูกกดทับกับเท้าของเธออย่างใกล้ชิด

Es war kaum Platz, um den Mund aufzumachen

แทบไม่มีที่ว่างให้อ้าปาก

aber schließlich gelang es ihr, den Mund aufzumachen

แต่ในที่สุดเธอก็สามารถอ้าปากได้

und sie schluckte einen Bissen von dem linken Stück

และเธอก็กลืนเศษของบิตซ้ายมือ

»mein Kopf ist endlich frei!« sagte Alice

"ในที่สุดหัวของฉันก็เป็นอิสระแล้ว!" อลิซกล่าว

Sie blickte an sich herunter

เธอมองลงมาที่ตัวเอง

aber alles, was sie sehen konnte, war ein ungeheurer Hals

แต่สิ่งที่เธอเห็นคือคอยาวมหาศาล

Ihr Hals schien sich wie ein Stiel zu erheben

คอของเธอดูเหมือนจะยกขึ้นเหมือนก้าน

Und sie blickte auf ein Meer von grünen Blättern hinab

และเธอมองลงไปเหนือทะเลใบไม้สีเขียว

"Wo sind meine Schultern geblieben?"

"ไหล่ของฉันไปถึงไหนแล้ว"

»Und ach, meine armen Hände, wie kommt es, daß ich euch nicht sehen kann?«

"และ โอ้ มือที่น่าสงสารของฉัน ทำไมฉันมองไม่เห็นคุณ"

Aber ihr Hals hatte einen Vorteil

แต่คอของเธอมีประโยชน์อย่างหนึ่ง

Sie konnte ihren Kopf in jede Richtung bewegen

เธอสามารถขยับศีรษะไปในทิศทางใดก็ได้

Tatsächlich war sie wie eine Schlange

ในความเป็นจริงเธอก็เหมือนงู

Sie senkte anmutig ihren Kopf im Zickzack

เธอก้มศีรษะลงอย่างสง่างาม

Und sie bewegte ihren Kopf durch die Bäume

และเธอขยับศีรษะของเธอผ่านต้นไม้

Aber dann hörte sie ein scharfes Zischen

แต่แล้วเธอก็ได้ยินเสียงฟู่ที่แหลมคม

Und sie zog schnell den Kopf zurück

และเธอก็รีบดึงศีรษะของเธอกลับ

Eine große Taube war ihr ins Gesicht geflogen

นกพิราบตัวใหญ่บินเข้าที่ใบหน้าของเธอ

und die Taube fuhr mit den Flügeln heftig zusammen

และนกพิราบก็มีปีกของมันอย่างรุนแรง

»Schlange!« rief die Taube

"งู!" นกพิราบร้อง

"Ich bin keine Schlange!" sagte Alice entrüstet

"ฉันไม่ใช่งู!" อลิซพูดอย่างโกรธเคือง

"Laß mich in Ruhe!"

"ปล่อยให้ฉันอยู่คนเดียว!"

"Ich habe die Wurzeln von Bäumen ausprobiert"

"ฉันได้ลองรากของต้นไม้แล้ว"

"Und ich habe es mit Hecken versucht", fuhr die Taube fort

"และฉันได้ลองพุ่มไม้แล้ว" นกพิราบพูดต่อ

»Aber diese Schlangen! Man kann es ihnen nicht recht machen!"

"แต่งูเหล่านั้น! ไม่มีอะไรทำให้พวกเขาพอใจ!"

Alice war immer verwirrter

อลิซงงมากขึ้นเรื่อยๆ

"Als ob es nicht schon Mühe genug wäre, die Eier auszubrüten!" sagte die Taube

"ราวกับว่ามันไม่ลำบากพอที่จะฟักไข่" นกพิราบกล่าว

"Tag und Nacht muss ich mich auch vor Schlangen in Acht nehmen!"

"ทั้งกลางวันและกลางคืนฉันต้องระวังงูด้วย!"

"Ich hatte gerade den höchsten Baum im Wald gefunden"

"ฉันเพิ่งพบต้นไม้ที่สูงที่สุดในป่า"

"Wäre ich hier sicher frei von Schlangen?"

"แน่นอนว่าฉันจะเป็นอิสระจากงูที่นี่?"

"Und heraus kommt eine Schlange vom Himmel!"

"และงูตัวหนึ่งออกมาจากท้องฟ้า!"

"Aber ich bin keine Schlange, sage ich dir!" sagte Alice

"แต่ฉันไม่ใช่งู ฉันบอกคุณ!" อลิซกล่าว

"Ich bin ein... Ich bin ein... Ich bin ein kleines Mädchen«,
fügte sie etwas zweifelnd hinzu

"ฉันเป็น... ฉันเป็น... ฉันเป็นเด็กผู้หญิงตัวเล็ก"

เธอเสริมอย่างสงสัย

Schließlich hatte sie viele Veränderungen durchgemacht

เธอผ่านการเปลี่ยนแปลงมากมาย

"Du suchst Eier!" sagte die Taube

"คุณกำลังตามหาไข่" นกพิราบกล่าว

"Das weiß ich mit Sicherheit"

"ฉันรู้ว่าเป็นความจริง"

"Und was macht es aus, ob du ein kleines Mädchen oder
eine Schlange bist?"

"แล้วมันสำคัญอะไรถ้าคุณเป็นเด็กผู้หญิงตัวเล็ก ๆ หรืองู"

»Es liegt mir sehr viel daran,« sagte Alice hastig

"มันสำคัญมากสำหรับฉัน" อลิซพูดอย่างรีบร้อน

"Aber ich bin nicht auf der Suche nach Eiern, wie es der
Zufall will"

"แต่ฉันไม่ได้มองหาไข่อย่างที่เกิดขึ้น"

"Und ich würde deine Eier sowieso nicht wollen"

"และฉันก็ไม่ต้องการไข่ของคุณอยู่ดี"

"Ich mag meine Eier nicht roh"

"ฉันไม่ชอบไข่ดิบ"

»Nun, dann fort!« sagte die Taube in mürrischem Tone

"เอาล่ะ ออกไป!" นกพิราบพูดด้วยน้ำเสียงบึ้ง

und die Taube ließ sich wieder in ihrem Nest nieder

และนกพิราบก็กลับลงสู่รังของมันอีกครั้ง

Alice kauerte sich zwischen die Bäume, so gut sie konnte

อลิซหมอบลงท่ามกลางต้นไม้ให้ดีที่สุดเท่าที่จะทำได้

Ihr Hals verfing sich immer wieder zwischen den Ästen

คอของเธอเข้าไปพัวพันกับกิ่งไม้

Hin und wieder musste sie anhalten und ihren Hals aufdrehen

บางครั้งเธอต้องหยุดและคลายคอของเธอ

Nach einer Weile erinnerte sie sich an den Pilz

หลังจากนั้นไม่นานเธอก็จำเห็ดได้

Sie hielt die Pilzstücke noch immer in ihren Händen

เธอยังคงถือชิ้นส่วนเห็ดไว้ในมือของเธอ

Und sie machte sich sehr vorsichtig an die Arbeit

และเธอก็เริ่มทำงานอย่างระมัดระวัง

Zuerst knabberte sie an einem Stück

ตอนแรกเธอแทะชิ้นเดียว

Und dann knabberte sie an dem anderen Stück

แล้วเธอก็แทะอีกชิ้นหนึ่ง

Manchmal wurde sie größer

บางครั้งเธอก็สูงขึ้น

und manchmal wurde sie kleiner

และบางครั้งเธอก็เตี้ยลง

Aber schließlich erreichte sie ihre übliche Größe

แต่ในที่สุดเธอก็มีความสูงตามปกติ

Sie war schon seit einiger Zeit nicht mehr so groß wie sie selbst

เธอไม่ได้สูงของเธอมาระยะหนึ่งแล้ว

So fühlte sich alles eine Zeit lang seltsam an

ดังนั้นทุกอย่างจึงรู้สึกแปลก ๆ ชั่วขณะหนึ่ง

"Das nächste, was zu tun ist, ist, in diesen schönen Garten zu gehen"

"สิ่งต่อไปที่ต้องทำคือเข้าไปในสวนที่สวยงามนั้น"

»wie soll man das machen?«

"จะทำอย่างไรฉันสงสัย?"

Während sie dies sagte, stieß sie auf einen offenen Platz
ขณะที่เธอพูดเช่นนี้ เธอก็มาถึงที่โล่ง

Da war ein kleines Haus, etwas höher als einen Meter
มีบ้านหลังเล็ก ๆ สูงกว่าหนึ่งเมตรเล็กน้อย

"Ich frage mich, wer in diesem kleinen Haus wohnt"
"ฉันสงสัยว่าใครอาศัยอยู่ในบ้านหลังเล็ก ๆ นี้"

"So groß wie ich bin, kann ich sicher nicht reingehen"
"ฉันไม่สามารถเข้าไปใหญ่เท่าฉันได้แน่นอน"

"Ich würde sie fürchterlich erschrecken!"
"ฉันจะทำให้พวกเขากลัวมาก!"

Also knabberte sie wieder an dem kleinen Pilz
ดังนั้นเธอจึงแทะเห็ดตัวเล็ก ๆ อีกครั้ง

Und bald brachte sie sich dreißig Zentimeter tief
และในไม่ช้าเธอก็ลดตัวเองลงมาสามสิบเซนติเมตร

Ein Schwein und etwas Pfeffer
หมูและพริกไทย

Ein oder zwei Minuten lang stand sie da und betrachtete das Haus

เธอยืนมองไปที่บ้านเป็นเวลาหนึ่งหรือสองนาที

Plötzlich kam ein Lakai aus dem Walde gerannt

ทันใดนั้นก็มีคนเดินเท้าวิ่งออกมาจากป่า

Er trug eine spezielle Livree-Uniform

เขาสวมเครื่องแบบพิเศษ

Seinem Gesicht nach zu urteilen, hätte sie ihn einen Fisch genannt

ตัดสินจากใบหน้าของเขาเท่านั้นเธอคงเรียกเขาว่าปลา

und er klopfte laut mit den Fingerknöcheln an die Tür

และเขาก็กระแทกประตูเสียงดังด้วยข้อนิ้วของเขา

Die Tür wurde von einem anderen Lakaien geöffnet

ประตูถูกเปิดโดยพนักงานเดินเท้าอีกคน

Auch dieser Lakai trug eine besondere Livree

คนเดินเท้าคนนี้ก็สวมชุดพิเศษเช่นกัน

Dieser Lakai hatte ein rundes Gesicht und große Augen wie ein Frosch

คนเดินเท้าคนนี้มีใบหน้ากลมและดวงตาโตเหมือนกบ

Der Lakai, der wie ein Fisch aussah, leitete die Zeremonie ein

คนเดินเท้าที่ดูเหมือนปลาเริ่มต้นพิธี

Er zog etwas unter seinem Arm hervor

เขาดึงบางอย่างออกมาจากใต้วงแขนของเขา

Und er zog unter seinem Arm einen Umschlag hervor

และเขาก็หยิบซองจดหมายออกมาจากใต้วงแขนของเขา

und diesen Umschlag übergab er dem andern Lakaien

และซองจดหมายนี้เขายื่นให้คนเดินอีกคน

In zeremoniellem Tone teilte er ihm die Befehle mit

เขาบอกคำสั่งด้วยน้ำเสียงที่สุภาพ

"Diese Botschaft ist für die Herzogin"

"ข้อความนี้ส่งถึงดัชเชส"

"Eine Einladung der Königin zum Krocketspielen"

"คำเชิญจากราชินีให้เล่นโครเก้"

Der Lakai, der wie ein Frosch aussah, wiederholte den Befehl

คนเดินเท้าที่ดูเหมือนกบพูดซ้ำคำสั่ง

"Von der Königin"

"จากราชินี"

"Eine Einladung"

"คำเชิญ"

"für die Herzogin"

"สำหรับดัชเชส"

"Krocket spielen"

"เล่นโครเก้"

Dann verbeugten sie sich beide tief

จากนั้นทั้งคู่ก็โค้งคำนับต่ำ

und die Locken in ihren Perücken verwickelten sich

ineinander

และลอนผมในวิกผมของพวกเขาก็พันกัน

Bald war der Lakai, der wie ein Fisch aussah, verschwunden

ในไม่ช้าคนเดินเท้าที่ดูเหมือนปลาก็หายไป

Aber der Lakai, der wie ein Frosch aussah, war immer noch da

แต่คนเดินเท้าที่ดูเหมือนกบยังคงอยู่ที่นั่น

Er saß auf dem Boden in der Nähe der Tür

เขานั่งอยู่บนพื้นใกล้ประตู

Er starrte dumm in den Himmel

เขาจ้องมองขึ้นไปบนท้องฟ้าอย่างโง่เขลา

Alice ging schüchtern zur Tür und klopfte

อลิซเดินไปที่ประตูอย่างขี้อายและเคาะประตู

»Es hat keinen Zweck, anzuklopfen,« sagte der Lakai

"ไม่มีประโยชน์ที่จะเคาะ" คนเดินเท้ากล่าว

"Und das aus zwei Gründen"

"และนั่นเป็นเพราะเหตุผลสองประการ"

"Erstens, weil ich auf der gleichen Seite der Tür stehe wie du"

"อย่างแรก เพราะฉันอยู่ฝั่งเดียวกับคุณ"

"Zweitens, weil sie drinnen so viel Lärm machen"

"ประการที่สอง เพราะพวกเขาส่งเสียงดังมากภายใน"

"Niemand könnte dich hören"

"ไม่มีใครได้ยินคุณ"

Und es war gewiß ein höchst merkwürdiger Lärm im Innern

และแน่นอนว่ามีเสียงที่ไม่ธรรมดาที่สุดเกิดขึ้นภายใน

ein ständiges Heulen und Niesen

เสียงหอนและจามอย่างต่อเนื่อง

und ab und zu ein Geräusch von großem Krachen

และบางครั้งก็มีเสียงกระแทกอย่างรุนแรง

als ob eine Schüssel oder ein Wasserkocher in Stücke zerbrochen wäre

ราวกับว่าจานหรือกาต้มน้ำแตกเป็นชิ้น ๆ

"Wie soll ich da reinkommen?" fragte Alice

"ฉันจะเข้าไปได้อย่างไร" อลิซถาม

»Wollen Sie überhaupt hineinkommen?« fragte der Lakai

"คุณควรเข้าไปเลยไหม"

"Das ist die erste Frage, weißt du"

"นั่นคือคำถามแรก คุณรู้ไหม"

Alice öffnete die Tür und trat ein

อลิซเปิดประตูและเข้าไป

Die Tür führte direkt in eine große Küche

ประตูนำไปสู่ห้องครัวขนาดใหญ่

Die Küche war von einem Ende bis zum anderen voller Rauch

ห้องครัวเต็มไปด้วยควันจากปลายด้านหนึ่งไปอีกด้านหนึ่ง

in der Mitte der Küche saß die Herzogin

กลางห้องครัวคือดัชเชส

Sie saß auf einem dreibeinigen Hocker

เธอนั่งอยู่บนเก้าอี้สามขา

und sie stillte ein Baby

และเธอกำลังให้นมทารก

Die Köchin beugte sich über das Feuer

พ่อครัวกำลังโน้มตัวอยู่เหนือกองไฟ

Er rührte einen großen Kessel

เขากำลังกวนหม้อไฟขนาดใหญ่

und der Kessel schien mit Suppe gefüllt zu sein

และหม้อไฟดูเหมือนจะเต็มไปด้วยซุป

"Da ist sicher zu viel Pfeffer drin!" sagte Alice zu sich selbst

"ซุปนั้นมีพริกไทยมากเกินไปแน่นอน!" อลิซพูดกับตัวเอง

Sie sagte es, so gut sie konnte, ohne zu niesen

เธอพูดอย่างดีที่สุดโดยไม่ต้องจาม

Sogar die Herzogin nieste gelegentlich

แม้แต่ดัชเชสก็จามเป็นครั้งคราว

Aber die Handlungen des Babys waren am bemerkenswertesten

แต่การกระทำของทารกนั้นน่าสังเกตที่สุด

Das Baby nieste und heulte abwechselnd

ทารกจามและหอนสลับกัน

Es gab keinen Augenblick Pause zwischen Heulen und Niesen

ไม่มีการหยุดชั่วคราวระหว่างการหอนและการจาม

Es gab zwei Kreaturen in der Küche, die nicht niesten

มีสิ่งมีชีวิตสองตัวในครัวที่ไม่จาม

Die Köchin war zu beschäftigt, um zu niesen

พ่อครัวยุ่งเกินกว่าจะจาม

Und die große Katze schien sich nicht an dem Pfeffer zu stören

และแมวตัวใหญ่ดูเหมือนจะไม่รังเกียจพริกไทย

Stattdessen grinste die große Katze von einem Ohr zum anderen

แมวตัวใหญ่กลับยิ้มจากหูถึงหู

»Bitte, würdest du es mir sagen,« sagte Alice ein wenig schüchtern

"ช่วยบอกฉันหน่อยได้ไหม" อลิซพูดอย่างขี้อายเล็กน้อย

"Warum grinst deine Katze so?"

"ทำไมแมวของคุณถึงยิ้มแบบนั้น"

»Es ist eine Cheshire-Katze,« sagte die Herzogin

"มันเป็นแมวเชเชียร์" ดัชเชสกล่าว

"Und deshalb grinst er von Ohr zu Ohr"

"และนั่นเป็นเหตุผลที่เขายิ้มจากหูถึงหู"

"Ich wusste nicht, dass eine Cheshire-Katze immer grinst"

"ฉันไม่รู้ว่าแมวเชเชียร์ยิ้มเสมอ"

"Eigentlich wusste ich nicht, dass Katzen grinsen können",
sagte Alice

"อันที่จริง ฉันไม่รู้ว่าแมวสามารถยิ้มได้" อลิซกล่าว

»Es gibt vieles, was Sie nicht wissen,« sagte die Herzogin

"มีหลายอย่างที่คุณไม่รู้" ดัชเชสกล่าว

"Es gibt vieles, was man nicht weiß, und das ist eine
Tatsache"

"มีหลายสิ่งที่คุณไม่รู้และนั่นคือความจริง"

In diesem Augenblick nahm die Köchin den Kessel mit der
Suppe vom Feuer

จากนั้นพ่อครัวก็เอาหม้อซุปออกจากกองไฟ

Und sogleich fing sie an, alles in ihre Reichweite zu werfen

และทันทีที่เธอเริ่มโยนทุกอย่างให้เอื้อมถึง

sie warf alles, was sie konnte, auf die Herzogin und das
Baby

เธอโยนทุกอย่างที่เธอทำได้ใส่ดัชเชสและทารก

Zuerst warf sie die Feuereisen

ก่อนอื่นเธอขว้างเตารีดไฟ

Dann warf sie eine Handvoll Töpfe

จากนั้นเธอก็โยนกระทะหนึ่งกำมือ

und schließlich warf sie die Teller und Schüsseln

และในที่สุดเธอก็โยนจานและจาน

Die Herzogin nahm keine Notiz von ihr

ดัชเชสไม่สนใจเธอ

Selbst als sie von einem Teller getroffen wurde, machte sie sich keine Sorgen

แม้เธอจะถูกจานกระแทก เธอก็ไม่กังวล

Das Baby heulte schon so viel

ทารกหอนมากแล้ว

Es war also unmöglich zu sagen, ob die Schläge das Baby verletzt haben oder nicht

ดังนั้นจึงเป็นไปไม่ได้ที่จะบอกว่าการกระแทกนั้นทำร้ายทารกหรืออไม่

"Oh, gib bitte acht, was du tust!" rief Alice

"โอ้ โปรดระวังสิ่งที่คุณกำลังทำอยู่!" อลิซร้อง

und sie sprang in Todesangst des Entsetzens auf und ab

และเธอกระโดดขึ้นลงด้วยความเจ็บปวดด้วยความหวาดกลัว

die Herzogin bot Alice das Baby an

ดัชเชสเสนอทารกให้อลิซ

»Hier! Du kannst das Kind ein wenig stillen, wenn du willst!«

"นี่! คุณสามารถให้นมทารกสักหน่อยได้ถ้าคุณต้องการ!"

Und sie schleuderte das Kind nach ihr, während sie sprach

และเธอก็ขว้างทารกใส่เธอขณะที่เธอพูด

"Ich muss gehen und mich darauf vorbereiten, mit der Königin Krocket zu spielen"

"ฉันต้องไปเตรียมพร้อมที่จะเล่นโครเก้กับราชินี"

und sie eilte aus dem Zimmer

และเธอก็รีบออกจากห้อง

Alice fing das Baby mit einiger Mühe auf

อลิซจับทารกได้ด้วยความยากลำบาก

weil es ein sehr seltsam geformtes kleines Wesen war
เพราะมันเป็นสิ่งมีชีวิตตัวเล็ก ๆ ที่มีรูปร่างแปลกมาก

Und das Kind streckte seine Arme und Beine nach allen Richtungen aus
และทารกก็ยื่นแขนและขาไปทุกทิศทาง

"Das Kind nehme ich lieber mit!" dachte Alice
"ฉันควรพาเด็กคนนี้ไปกับฉันดีกว่า" อลิซคิด

"Sie werden dieses Baby sicher in ein oder zwei Tagen töten"
"พวกเขาจะต้องฆ่าทารกคนนี้ในหนึ่งหรือสองวัน"

"Wäre es nicht Mord, dieses Baby zurückzulassen?"
"การทิ้งทารกคนนี้ไว้เบื้องหลังจะไม่เป็นการฆาตกรรมเหรอ"

Sie sprach die letzten Worte laut aus
เธอพูดคำสุดท้ายออกมาดัง ๆ

Und das kleine Ding grunzte als Antwort
และสิ่งเล็ก ๆ น้อย ๆ ก็คำรามตอบ

"Du verwandelst dich am besten nicht in ein Schwein, meine Liebe!" sagte Alice
"คุณไม่ควรกลายเป็นหมูที่รัก" อลิซกล่าว

"sonst habe ich nichts mehr mit dir zu tun"
"ไม่งั้นฉันจะไม่มีอะไรกับคุณอีกแล้ว"

Alice fing eben an, bei sich selbst zu denken:
อลิซเพิ่งเริ่มคิดในใจ:

»Nun, was soll ich mit diesem Geschöpf anfangen, wenn ich es nach Hause bringe?«
"ตอนนี้ ฉันจะทำอย่างไรกับสิ่งมีชีวิตตัวนี้ เมื่อฉันได้มันกลับบ้าน"

Aber dann grunzte das kleine Geschöpf ein wenig heftig
แต่แล้วสิ่งมีชีวิตตัวเล็ก ๆ ก็คำรามอย่างรุนแรงเล็กน้อย

und Alice sah ihm erschrocken ins Gesicht

และอลิซก็ก้มลงมองหน้ามันด้วยความตื่นตระหนก

Diesmal konnte es keinen Irrtum geben

คราวนี้คงไม่มีความผิดพลาดเกี่ยวกับเรื่องนี้

Es war nicht mehr und nicht weniger als ein Schwein

มันไม่มากหรือน้อยไปกว่าหมู

Da setzte sie das kleine Geschöpf ab

ดังนั้นเธอจึงวางสิ่งมีชีวิตตัวเล็ก ๆ ลง

und das kleine Geschöpf trabte leise in den Wald hinein

และสิ่งมีชีวิตตัวเล็ก ๆ ก็วิ่งเหยาะๆ เข้าไปในป่าอย่างเงียบ ๆ

Alice war ziemlich erleichtert, als sie die Kreatur verschwinden sah

อลิซรู้สึกโล่งใจมากที่ได้เห็นสิ่งมีชีวิตนั้นจากไป

Alice erschrak ein wenig, als sie die Cheshire-Katze sah

อลิซตกใจเล็กน้อยเมื่อเห็นแมวเชเชียร์

Er saß auf einem Ast eines Baumes, ein paar Meter entfernt

มันนั่งอยู่บนกิ่งไม้ที่ห่างออกไปไม่กี่หลา

Die Katze grinste nur, als sie sie sah

แมวยิ้มเมื่อเห็นเธอ

»Cheshire-Katze,« begann Alice etwas schüchtern

"แมวเชเชียร์" อลิซเริ่มค่อนข้างขี้อาย

»Würden Sie mir bitte sagen, welchen Weg ich von hier aus einschlagen soll?«

"คุณช่วยบอกฉันหน่อยได้ไหมว่าฉันควรไปทางไหนจากที่นี่"

"In diese Richtung", sagte die Katze

"ในทิศทางนั้น" แมวพูด

Und er fuchtelte mit der rechten Pfote herum

และมันโบกอุ้งเท้าขวาไปรอบ ๆ

"In dieser Richtung lebt ein Hutmacher"

"ในทิศทางนั้นมีช่างทำหมวกอาศัยอยู่"

Und dann winkte die Katze mit der anderen Pfote

จากนั้นแมวก็โบกอุ้งเท้าอีกข้าง

"Und in dieser Richtung wohnt ein Märzhase"

"และกระต่ายเดินขบวนอาศัยอยู่ในทิศทางนั้น"

»Besuchen Sie, wen Sie wollen; Sie sind beide verrückt"

"เยี่ยมชมอย่างที่คุณชอบ พวกเขาทั้งคู่บ้า"

»Aber ich will nicht unter Verrückte gehen«, bemerkte Alice

"แต่ฉันไม่อยากไปท่ามกลางคนบ้า" อลิซกล่าว

"Ach, dafür kannst du nicht helfen!" sagte die Katze

"โอ้ คุณช่วยไม่ได้" แมวพูด

"Wir sind alle verrückt hier"

"เราทุกคนบ้าที่นี่"

"Spielst du heute Krocket mit der Queen?"

"วันนี้คุณเล่นโครเก้กับราชินีหรือเปล่า"

"Das würde ich sehr gerne!" sagte Alice

"ฉันอยากมาก" อลิซกล่าว

"aber ich bin noch nicht eingeladen worden"

"แต่ฉันยังไม่ได้รับเชิญ"

"Du wirst mich dort sehen!" sagte die Katze

"คุณจะเห็นฉันที่นั่น" แมวพูด

Und von einem Augenblick auf den anderen verschwand die Katze

และจากช่วงเวลาหนึ่งไปอีกช่วงเวลาหนึ่งแมวก็หายไป

bald kam Alice in Sichtweite des Hauses des Märzhasen

ในไม่ช้าอลิซก็มองเห็นบ้านของกระต่ายเดินขบวน

Das war ein sehr großes Haus

นี่เป็นบ้านหลังใหญ่มาก

Alice wollte also nicht in die Nähe des Hauses gehen

อลิซจึงไม่อยากเข้าใกล้บ้าน

Zuerst musste sie noch etwas von dem linken Stück Pilz knabbern

ก่อนอื่นเธอต้องแทะเห็ดด้านซ้ายอีก

Eine verrückte Teeparty
ปาร์ตี้น้ำชาที่บ้าคลั่ง

Vor dem Haus stand ein Baum

หน้าบ้านมีต้นไม้

Und unter dem Baum stand ein Tisch

และใต้ต้นไม้มีโต๊ะ

und der Tisch war mit allerlei Besteck gedeckt

และโต๊ะก็ถูกจัดวางด้วยช้อนส้อมทุกประเภท

Der Märzhase und der Hutmacher saßen bei Tisch

กระต่ายเดินขบวนและช่างทำหมวกอยู่ที่โต๊ะ

und zusammen tranken sie Tee

และพวกเขากำลังดื่มชาด้วยกัน

Ein Siebenschläfer saß zwischen ihnen

ดอร์เมาส์นั่งอยู่ระหว่างพวกเขา

und der Siebenschläfer schlief fest

และหนูนอนก็หลับสนิท

Der Tisch war von außergewöhnlicher Größe

โต๊ะมีขนาดพิเศษ

Aber der größte Teil des Tisches war unbesetzt

แต่โต๊ะส่วนใหญ่ว่างเปล่า

Sie saßen dicht gedrängt an einer Ecke des Tisches

พวกเขานั่งเบียดเสียดกันที่มุมหนึ่งของโต๊ะ

und doch entschuldigten sie sich, als sie Alice sahen

แต่พวกเขาก็แก้ตัวเมื่อเห็นอลิซ

»Kein Platz! Kein Platz!« schrien sie

"ไม่มีห้อง! ไม่มีห้อง!" พวกเขาตะโกน

»Es ist viel Platz!« sagte Alice entrüstet

"มีที่ว่างมากมาย!" อลิซพูดอย่างโกรธเคือง

An einem Ende des Tisches stand ein großer Sessel

ที่ปลายด้านหนึ่งของโต๊ะมีเก้าอี้เท้าแขนขนาดใหญ่

und Alice setzte sich in den Sessel

และอลิซก็นั่งบนเก้าอี้เท้าแขน

Der Hutmacher riss die Augen weit auf

ช่างทำหมวกลืมตากว้างมาก

Er konnte nicht glauben, was er da sah

เขาไม่อยากจะเชื่อในสิ่งที่เขาเห็น

aber sein Geist war neugierig auf andere Dinge

แต่จิตใจของเขาอยากรู้อยากเห็นเกี่ยวกับสิ่งอื่น ๆ

»Warum ist ein Rabe wie ein Schreibtisch?«

"ทำไมอีกาถึงเหมือนโต๊ะเขียนหนังสือ?"

Alice war offen für die Herausforderung

อลิซเปิดรับความท้าทาย

"Ich bin froh, dass sie angefangen haben, Rätsel zu stellen"

"ฉันดีใจที่พวกเขาเริ่มถามปริศนา"

»Ich glaube, das kann ich erraten«, fügte sie laut hinzu

"ฉันเชื่อว่าฉันเดาได้" เธอเสริมดัง ๆ

Der Märzhase wurde neugierig auf Alice

กระต่ายเดินขบวนเริ่มอยากรู้เกี่ยวกับอลิซ

"Glaubst du wirklich, dass du die Antwort finden kannst?"

"คุณคิดว่าคุณจะพบคำตอบได้จริงหรือ"

»Ich glaube, ich kann die Antwort finden,« sagte Alice

"ฉันคิดว่าฉันสามารถหาคำตอบได้จริงๆ" อลิซกล่าว

»Dann sollst du sagen, was du meinst,« fuhr der Märzhase fort

"ถ้าอย่างนั้นคุณควรพูดว่าคุณหมายถึงอะไร"

กระต่ายเดินขบวนดำเนินต่อไป

»Ich sage, was ich meine,« erwiderte Alice hastig

"ฉันพูดในสิ่งที่ฉันหมายถึง" อลิซรีบตอบ

"Zumindest meine ich ernst, was ich sage"

"อย่างน้อยที่สุดฉันหมายถึงสิ่งที่ฉันพูด"

"Das ist dasselbe, weißt du"

"นั่นก็เหมือนกัน คุณรู้ไหม"

Auch der Siebenschläfer trug zu dem Gespräch bei

ดอร์เมาส์ก็มีส่วนในการสนทนาเช่นกัน

Aber der Siebenschläfer schien im Schlaf zu sprechen

แต่หนูนอนดูเหมือนจะพูดขณะหลับใหล

"Ich atme, wenn ich schlafe"

"ฉันหายใจเมื่อฉันนอนหลับ"

"Ich schlafe, wenn ich atme!"

"ฉันนอนหลับเมื่อหายใจ!"

"Man könnte genauso gut sagen, dass sie auch gleich sind"

"คุณอาจจะบอกว่าพวกเขาเหมือนกัน"

"So ist es auch bei dir!" sagte der Hutmacher

"มันก็เหมือนกันกับคุณ" ช่างทำหมวกกล่าว

und er goß ein wenig Tee über die Nase des Siebenschläfers

และเขาก็เทชาเล็กน้อยลงบนจมูกของดอร์เมาส์

Das Murmelthier schüttelte ungeduldig den Kopf

ดอร์เมาส์ส่ายหัวอย่างไม่อดทน

Und wieder sprach das Murmelmaus, ohne die Augen zu öffnen

และหนูหลังพูดอีกครั้งโดยไม่ลืมตา

"Natürlich, natürlich ist es dasselbe"

"แน่นอน แน่นอนว่ามันเหมือนกัน"

"Das wollte ich ja auch sagen"

"นั่นคือสิ่งที่ฉันจะพูดด้วยตัวเอง"

Der Hutmacher wandte sich an Alice und stellte eine weitere Frage

ช่างทำหมวกหันไปหาอลิซและถามคำถามอื่น

"Hast du das Rätsel schon erraten?"

"คุณเดาปริศนาแล้วหรือยัง"

"Nein, ich gebe auf", gab Alice zu

"ไม่ ฉันยอมแพ้" อลิซยอมรับ

"Was ist die Antwort?", wollte sie wissen

"คำตอบคืออะไร" เธออยากรู้

»Ich habe nicht die geringste Ahnung,« sagte der Hutmacher

"ฉันไม่มีความคิดแม้แต่น้อย" ช่างทำหมวกกล่าว

"Ich weiß es auch nicht!" sagte der Märzhase

"ฉันไม่รู้" กระต่ายเดินขบวนกล่าว

Alice stieß einen müden Seufzer aus
อลิซถอนหายใจอย่างเหนื่อยล้า

"Es gibt eine bessere Nutzung der Zeit als Rätsel ohne Antworten"
"มีการใช้เวลาที่ดีกว่าปริศนาที่ไม่มีคำตอบ"

»Trinken Sie noch etwas Tee,« sagte der Märzhase sehr ernst zu Alice
"ดื่มชาอีกสักหน่อย" กระต่ายเดินขบวนพูดกับอลิซอย่างจริงจัง

Alice war ziemlich beleidigt über das Angebot
อลิซค่อนข้างขุ่นเคืองกับข้อเสนอนี้

»Ich habe noch keinen Tee getrunken,« erwiderte Alice
"ฉันยังไม่ได้ดื่มชา" อลิซตอบ

"Deshalb kann ich keinen Tee mehr trinken"
"ดังนั้นฉันจึงไม่สามารถดื่มชาได้อีกต่อไป"

»Du meinst, weniger Tee kannst du nicht haben«, sagte der Hutmacher
"คุณหมายความว่าคุณไม่สามารถดื่มชาน้อยลงได้"

ช่างทำหมวกกล่าว

"Es ist sehr einfach, mehr als nichts zu nehmen"
"มันง่ายมากที่จะรับมากกว่าไม่มีอะไรเลย"

Bei diesen Worten erhob sich Alice und ging fort
เมื่อถึงจุดนี้ อลิซก็ลุกขึ้นและเดินออกไป

Der Siebenschläfer schlief augenblicklich ein
หนูนอนหลับทันที

und keiner der andern nahm die geringste Notiz davon, daß sie ging
และไม่มีใครสังเกตเห็นว่าเธอไป

obwohl sie ein- oder zweimal zurückblickte
แม้ว่าเธอจะมองย้อนกลับไปหนึ่งหรือสองครั้ง

Sie versuchten, den Siebenschläfer in die Teekanne zu stecken

พวกเขาพยายามใส่หนูนอนลงในกาน้ำชา

"Jedenfalls werde ich nie wieder dorthin gehen!" sagte Alice

"ยังไงก็ตาม ฉันจะไม่ไปที่นั่นอีก!" อลิซกล่าว

Und sie ging ihren Weg durch den Wald

และเธอเดินผ่านป่า

"Das war die dümmste Teeparty, auf der ich je war"

"นั่นเป็นงานเลี้ยงน้ำชาที่โง่ที่สุดที่ฉันเคยไป"

Gerade als sie das sagte, bemerkte sie etwas

ขณะที่เธอพูดแบบนี้ เธอก็สังเกตเห็นบางอย่าง

Einer der Bäume hatte eine Tür, die direkt hineinführte

ต้นไม้ต้นหนึ่งมีประตูที่นำไปสู่มัน

»Das ist sehr interessant!« dachte sie

"น่าสนใจมาก!" เธอคิด

"Ich denke, ich kann genauso gut durch die Tür gehen"

"ฉันคิดว่าฉันอาจจะผ่านประตูไปได้ดีกว่า"

Und durch die Tür ging sie

และเธอก็เดินผ่านประตูไป

Wieder befand sie sich in der langen Halle

อีกครั้งที่เธอพบว่าตัวเองอยู่ในห้องโถงยาว

Wieder stand sie dicht an dem kleinen Glastisch

เธออยู่ใกล้กับโต๊ะกระจกเล็กๆ อีกครั้ง

Sie nahm den kleinen goldenen Schlüssel

เธอหยิบกุญแจทองคำตัวเล็ก ๆ

und sie schloß die Tür auf, die in den Garten führte

และเธอก็ปลดล็อกประตูที่นำไปสู่สวน

Dann machte sie sich daran, an dem Pilz zu knabbern

จากนั้นเธอก็เริ่มทำงานแทะเห็ด

Sie hatte ein Stück des Pilzes in ihrer Tasche aufbewahrt

เธอเก็บเห็ดชิ้นหนึ่งไว้ในกระเป๋าเสื้อของเธอ

Und schließlich war sie etwa einen Meter groß

และในที่สุดเธอก็สูงประมาณหนึ่งเมตร

dann ging sie den kleinen Korridor hinunter

จากนั้นเธอก็เดินไปตามทางเดินเล็กๆ

Und dann fand sie sich endlich in dem schönen Garten wieder

และในที่สุดเธอก็พบว่าตัวเองอยู่ในสวนที่สวยงาม

Und sie war zwischen den hellen Blumen und den kühlen Springbrunnen

และเธออยู่ท่ามกลางดอกไม้ที่สดใสและน้ำพุเย็น

Der Krocketplatz der Königinnen
สนามโครเก้ของราชินี

Ein großer Rosenstrauch stand in der Nähe des Eingangs des Gartens

ต้นกุหลาบขนาดใหญ่ตั้งตระหง่านอยู่ใกล้ทางเข้าสวน

Die Rosen, die an dem Baum wuchsen, waren weiß

กุหลาบที่เติบโตบนต้นไม้เป็นสีขาว

aber es waren drei Gärtner, die die Rose bemalten

แต่มีชาวสวนสามคนที่วาดดอกกุหลาบ

Sie waren damit beschäftigt, die Rosen rot zu färben

พวกเขากำลังยุ่งอยู่กับการทาสีดอกกุหลาบเป็นสีแดง

und Alice sah zu, wie sie die Rosen rot färbten

และอลิซกำลังเฝ้าดูพวกเขาทาสีกุหลาบเป็นสีแดง

und plötzlich fielen ihre Augen zufällig auf Alice

ทันใดนั้นสายตาของพวกเขาก็ตกลงมาที่อลิซ

Alice sprach ein wenig schüchtern

อลิซพูดอย่างขี้อายเล็กน้อย

»Würden Sie es mir bitte sagen?«

"ช่วยบอกฉันได้ไหม"

"Warum malt ihr alle diese Rosen?"

"ทำไมพวกคุณถึงวาดดอกกุหลาบเหล่านั้น"

Fünf und Sieben sagten nichts, sondern sahen zwei an

ห้าและเจ็ดไม่พูดอะไร แต่มองไปที่สอง

zwei Sprecher, mit leiser Stimme

สองคนพูดด้วยเสียงต่ำ

»Nun, die Sache ist die, sehen Sie, gnädige Frau.«

"ทำไม ความจริงก็คือ คุณเห็นไหม มาดาม"

"Das hier hätte ein roter Rosenstrauch sein sollen"

"ที่นี่น่าจะเป็นต้นกุหลาบสีแดง"

"Und wir haben aus Versehen einen weißen Rosenstrauch hineingesetzt"

"และเราใส่ต้นกุหลาบสีขาวโดยไม่ได้ตั้งใจ"

"Wie Sie mir zustimmen würden, darf die Königin es nicht herausfinden"

"อย่างที่คุณเห็นด้วย ราชินีต้องไม่รู้"

"Sonst würden wir uns allen die Köpfe abschneiden"

"ไม่เช่นนั้นเราทุกคนจะถูกตัดศีรษะ"

"Sie sehen also, gnädige Frau, wir tun unser Bestes"

"คุณเห็นไหม คุณหญิง เรากำลังพยายามอย่างเต็มที่"

Karte fünf hatte ängstlich über den Garten geschaut

การ์ดที่ห้ามองข้ามสวนอย่างกังวล

In diesem Augenblick rief die fünfte Karte: "Die Königin! Die Königin!"

ในขณะนี้ไพ่ที่ห้าตะโกนว่า "ราชินี! ราชินี!"

und die drei Gärtner eilten augenblicklich davon

และชาวสวนทั้งสามก็รีบหนีไปทันที

und sie warfen sich flach auf ihre Gesichter

และพวกเขาก็ทรุดตัวลงบนใบหน้าของพวกเขา

Man hörte das Geräusch vieler Schritte

มีเสียงฝีเท้ามากมาย

Alice sah sich um, begierig darauf, die Königin zu sehen

อลิซมองไปรอบ ๆ กระตือรือร้นที่จะเห็นราชินี

Am Anfang des Zuges standen zehn Soldaten

ในตอนเริ่มต้นของขบวนมีทหารสิบคน

Ihre Hände und Füße waren in den Ecken

มือและเท้าของพวกเขาอยู่ที่มุม

und in ihren Händen und Füßen waren Keulen

และในมือและเท้าของพวกเขามีกระบอง

Als nächstes kamen die zehn Höflinge

ถัดมาคือข้าราชบริพารทั้งสิบคน

die Höflinge waren über und über mit Diamanten geschmückt

ข้าราชบริพารประดับประดาด้วยเพชร

Nach den Höflingen kamen die königlichen Kinder

หลังจากข้าราชบริพารมา

Es waren zehn der königlichen Kinder

มีบุตรราชวงศ์สิบคน

und alle königlichen Kinder waren mit Herzen geschmückt

และบุตรราชวงศ์ทุกคนประดับประดาด้วยหัวใจ

Dann kamen die Gäste; Meist Könige und Königinnen

ถัดมาคือแขก ส่วนใหญ่เป็นกษัตริย์และราชินี

und unter den Königen und Königinnen sah Alice jemanden

และท่ามกลางกษัตริย์และราชินีอลิซเห็นใครบางคน

Sie sah wieder das weiße Kaninchen, das sie gejagt hatte

เธอเห็นกระต่ายขาวที่เธอไล่ตามอีกครั้ง

Der Prozession folgte der Spitzbube der Herzen

ขบวนเดินตามมืดแห่งหัวใจ

Er trug die Krone des Königs

เขาถือมงกุฎของกษัตริย์

und die Krone des Königs lag auf einem purpurnen Samtkissen

และมงกุฎของกษัตริย์อยู่บนเบาะกำมะหยี่สีแดงเข้ม

Und dann kam das Ende dieser großen Prozession

และแล้วก็สิ้นสุดขบวนแห่ที่ยิ่งใหญ่นี้

Und da waren am Ende der König und die Königin der Herzen

และในตอนท้ายก็มีกษัตริย์และราชินีแห่งหัวใจ

der Zug kam Alice gegenüber

ขบวนมาตรงข้ามกับอลิซ

Und alle blieben stehen und sahen sie an

และพวกเขาทั้งหมดก็หยุดและมองไปที่เธอ

Und die Königin sprach streng: "Wer ist das?"

ราชินีตรัสอย่างหนักแน่นว่า "นี่คือใคร?"

Sie sagte es zum Herzknaben

เธอพูดกับคนาฟแห่งหัวใจ

aber er verbeugte sich nur und lächelte als Antwort

แต่เขาแค่โค้งคำนับและยิ้มตอบ

Alice sprach sehr höflich

อลิซพูดอย่างสุภาพมาก

"Mein Name ist Alice, also bitte, Eure Majestät"

"ฉันชื่ออลิซ ดังนั้นโปรดพระบาทสมเด็จพระเจ้าอยู่หัว"

Aber sie hatte andere Gedanken für sich

แต่เธอมีความคิดอื่นกับตัวเอง

"Es ist doch nur ein Kartenspiel!"

"ท้ายที่สุดแล้วมันเป็นเพียงแพ็คการ์ด!"

»Kannst du Krocket spielen?« rief die Königin

"คุณเล่นโครเก้ได้ไหม" ราชินีตะโกน

Die Frage war offenbar an Alice gerichtet

เห็นได้ชัดว่าคำถามนี้มีไว้สำหรับอลิซ

"Ja!" sagte Alice laut

"ใช่!" อลิซพูดเสียงดัง

"Komm also spielen!" brüllte die Königin

"มาเล่นเถอะ!" ราชินีคำราม

sprach eine schüchterne Stimme zu Alice

เสียงขี้อายพูดกับอลิซ

"Es ist ein sehr schöner Tag!"

"มันเป็นวันที่อากาศดีมาก!"

Sie ging an dem weißen Kaninchen vorbei

เธอกำลังเดินผ่านกระต่ายขาว

und das weiße Kaninchen guckte ihr ängstlich ins Gesicht

และกระต่ายขาวก็แอบมองเข้าไปในใบหน้าของเธออย่างกังวล

»ein sehr schöner Tag,« bestätigte Alice

"เป็นวันที่อากาศดีมากจริงๆ" อลิซยืนยัน

»Wo ist die Herzogin?«

"ดัชเชสอยู่ที่ไหน"

»Still! Still!" sagte das Kaninchen

"เงียบ! เงียบ!" กระต่ายกล่าว

"Sie ist zum Tode verurteilt"

"เธออยู่ภายใต้โทษประหารชีวิต"

»Wofür wird sie hingerichtet?« fragte Alice

"เธอถูกประหารชีวิตเพื่ออะไร" อลิซถาม

"Sie hat der Königin die Ohren abgewetzt", begann das Kaninchen

"เธอขูดหูของราชินี" กระต่ายเริ่ม

schrie die Königin mit Donnerstimme

ราชินีตะโกนด้วยเสียงฟ้าร้อง

"Ran an eure Plätze!"

"ไปที่ของคุณ!"

Und die Leute rannten in alle Richtungen herum

และผู้คนก็เริ่มวิ่งไปทั่วทุกทิศทาง

Und sie fielen alle aneinander

และพวกเขาทั้งหมดก็ล้มลงชนกัน

Sie hatten sich jedoch in ein oder zwei Minuten beruhigt

อย่างไรก็ตาม พวกเขาก็สงบลงภายในหนึ่งหรือสองนาที

Und dann begann das Spiel

และจากนั้นเกมก็เริ่มขึ้น

Alice hatte noch nie einen so merkwürdigen Krocketplatz gesehen

อลิซไม่เคยเห็นสนามโครเก้ที่แปลกประหลาดขนาดนี้มาก่อน

Das Gras bestand nur aus Graten und Furchen

หญ้าเป็นสันเขาและร่องทั้งหมด

Die Krocketbälle waren echte Igel

ลูกโครเก้เป็นเม่นจริง

und die Schlägel waren echte Flamingos

และค้อนเป็นนกฟลามิงโกจริง

und die Soldaten standen auf Händen und Füßen

ทหารก็ยืนด้วยมือและเท้าของพวกเขา

weil die Bögen aus ihren Körpern gemacht wurden

เพราะซุ้มประตูถูกสร้างขึ้นจากร่างกายของพวกเขา

Die Spieler spielten alle gleichzeitig

ผู้เล่นทั้งหมดเล่นพร้อมกัน

Niemand wartete, bis er an der Reihe war

ไม่มีใครรอคิว

und jeder stritt sich mit jedem

และทุกคนทะเลาะกับทุกคน

und alle kämpften für die Igel

และทุกคนกำลังต่อสู้เพื่อเม่น

Bald geriet die Königin in eine wütende Leidenschaft

ในไม่ช้าราชินีก็อยู่ในความหลงใหลที่โกรธแค้น

Und sie fing an, herumzustampfen und zu schreien

และเธอก็เริ่มกระทืบและตะโกน

»Hacken Sie ihm den Kopf ab!«

"ตัดหัวเขา!"

"Hack ihr den Kopf ab!"

"ตัดหัวเธอ!"

"Hackt ihnen alle Köpfe ab!"

"ตัดหัวของพวกเขาออกทั้งหมด!"

Wieder dachte Alice bei sich.

อลิซคิดในใจอีกครั้ง

"Sie lieben es schrecklich, hier Menschen zu enthaupten"

"พวกเขาชอบตัดศีรษะคนที่นี่อย่างน่ากลัว"

"Das große Wunder ist, dass überhaupt noch jemand am Leben ist!"

"สิ่งมหัศจรรย์ที่ยิ่งใหญ่คือมีใครก็ตามที่เหลืออยู่!"

Sie sah sich nach einem Ausweg um

เธอกำลังมองหาทางหลบหนี

Sie bemerkte eine merkwürdige Erscheinung in der Luft

เธอสังเกตเห็นรูปลักษณ์ที่น่าสงสัยในอากาศ

»Es ist die Cheshire-Katze,« sagte sie zu sich selbst

"มันคือแมวเชชเชียร์" เธอพูดกับตัวเอง

"Jetzt habe ich jemanden, mit dem ich reden kann"

"ตอนนี้ฉันจะมีใครสักคนคุยด้วย"

"Wie geht es dir?" fragte die Katze

"คุณเป็นอย่างไรบ้าง" แมวพูด

»Ich glaube nicht, daß sie ganz und gar fair spielen«, sagte Alice

"ฉันไม่คิดว่าพวกเขาเล่นอย่างยุติธรรมเลย" อลิซกล่าว

Und sie hatte einen ziemlich klagenden Ton

และเธอมีน้ำเสียงที่ค่อนข้างบ่น

"Sie streiten sich alle so fürchterlich"

"พวกเขาทั้งหมดทะเลาะกันอย่างน่ากลัว"

"Man hört sich selbst nicht sprechen"

"คนเราไม่ได้ยินตัวเองพูด"

"Und sie scheinen sich nicht an irgendwelche Regeln zu
halten"

"และดูเหมือนว่าพวกเขาจะไม่เล่นตามกฎเกณฑ์ใด ๆ "

die Katze stellte Alice mit leiser Stimme eine Frage

แมวถามอลิซด้วยเสียงต่ำ

"Wie gefällt dir die Königin?"

"คุณชอบราชินีอย่างไร"

»Ich mag sie gar nicht,« sagte Alice

"ฉันไม่ชอบเธอเลย" อลิซกล่าว

Alice dachte, sie könnte genauso gut zurückgehen

อลิซคิดว่าเธออาจจะกลับไปดีกว่า

Sie wollte sehen, wie das Spiel läuft

เธอต้องการดูว่าเกมเป็นอย่างไร

Sie machte sich auf die Suche nach ihrem Igel

เธอออกไปตามหาเม่นของเธอ

Der Igel war damit beschäftigt, gegen einen anderen Igel zu kämpfen

เม่นกำลังยุ่งอยู่กับการต่อสู้กับเม่นอีกตัว

Das war eine ausgezeichnete Gelegenheit

นี่เป็นโอกาสที่ดี

Sie konnte einen Igel mit dem anderen krocketen

เธอสามารถโครเก้เม่นตัวหนึ่งกับอีกตัวหนึ่งได้

Aber ihr Flamingo war auf der anderen Seite des Gartens

แต่นกฟลามิงโกของเธออยู่อีกด้านหนึ่งของสวน

Der Flamingo war ziemlich tollpatschig

นกฟลามิงโกค่อนข้างเงอะงะ

Ihr Flamingo versuchte, gegen einen Baum zu fliegen

นกฟลามิงโกของเธอพยายามบินขึ้นไปบนต้นไม้

Sie packte den Flamingo am Bein

เธอจับนกฟลามิงโกที่ขา

Und sie schob sich den Flamingo unter den Arm

และเธอก็ซุกนกฟลามิงโกไว้ใต้วงแขนของเธอ

So konnte der Flamingo nicht mehr entkommen

วิธีนี้ฟลามิงโกจะหลบหนีไม่ได้อีก

In diesem Augenblick traf Alice zufällig die Herzogin

จากนั้นอลิซบังเอิญได้พบกับดัชเชส

Die Herzogin war nun aus dem Gefängnis entlassen worden

ดัชเชสออกจากคุกแล้ว

Sie schob ihren Arm liebevoll unter Alices Arm

เธอซุกแขนของเธอไว้ใต้แขนของอลิซด้วยความรัก

Und dann gingen sie zusammen fort

แล้วพวกเขาก็เดินออกไปด้วยกัน

Alice war sehr froh, sie in so angenehmer Laune zu finden

อลิซดีใจมากที่พบเธอมีอารมณ์ที่น่ารื่นรมย์

Sie erschrak jedoch ein wenig

อย่างไรก็ตาม เธอตกใจเล็กน้อย

Sie hörte die Stimme der Herzogin dicht an ihrem Ohr

เธอได้ยินเสียงของดัชเชสอยู่ใกล้หูของเธอ

"Du denkst über etwas nach, meine Liebe"

"คุณกำลังคิดอะไรบางอย่างที่รัก"

"Und das lässt dich das Reden vergessen"

"และนั่นทำให้คุณลืมพูด"

»Das Spiel geht jetzt etwas besser«, sagte Alice

"ตอนนี้เกมค่อนข้างดีขึ้น" อลิซกล่าว

Es war eine Möglichkeit, das Gespräch am Laufen zu halten

มันเป็นวิธีหนึ่งที่ทำให้การสนทนาดำเนินต่อไป

»So ist es,« sagte die Herzogin

"มันเป็นเช่นนั้นจริงๆ" ดัชเชสกล่าว

"Und die Moral davon ist folgende."

"และศีลธรรมของสิ่งนั้นคือ:"

"Es ist die Liebe, die alles macht!"

"มันเป็นความรักที่ทำทุกอย่าง!"

"Liebe ist das, was die Welt bewegt"

"ความรักคือสิ่งที่ทำให้โลกหมุนไปรอบ ๆ "

Alice hatte eine andere Erklärung

อลิซมีคำอธิบายอีกอย่างหนึ่ง

"Das macht jeder, der sich um seine eigenen
Angelegenheiten kümmert!"
"มันทำโดยทุกคนที่ใส่ใจธุรกิจของตัวเอง!"
»Ah, gut! Du könntest Recht haben"
"อ่า ดี! คุณอาจจะพูดถูก"
»Es bedeutet alles ziemlich dasselbe,« sagte die Herzogin
"ทั้งหมดนี้มีความหมายเหมือนกันมาก" ดัชเชสกล่าว
und sie grub ihr spitzes kleines Kinn in Alices Schulter
และเธอก็ขุดคางเล็ก ๆ ที่แหลมคมของเธอเข้าไปในไหล่ของอลิซ
"Und die Moral davon ist folgende"
"และศีลธรรมของสิ่งนั้นคือสิ่งนี้"
"Kümmere dich um die Sinne"
"ดูแลความรู้สึก"
"Und dann erledigen sich die Klänge von selbst"
"แล้วเสียงจะดูแลตัวเอง"
Aber dann fing der Arm der Herzogin an zu zittern
แต่แล้วแขนของดัชเชสก็เริ่มสั่น
Alice blickte auf und da stand die Königin
อลิซเงยหน้าขึ้นและราชินียืนอยู่
Die Königin hatte die Arme verschränkt
ราชินีพับแขน
Und sie runzelte die Stirn wie ein Gewitter!
และเธอขมวดคิ้วเหมือนพายุฝนฟ้าคะนอง!
»Ich warne dich!« schrie die Königin
"ข้าเตือนท่านอย่างยุติธรรม" ราชินีตะโกน
Und sie stampfte auf den Boden, während sie sprach
และเธอก็เหยียบพื้นขณะที่เธอพูด

"Entweder dein Kopf oder ihr Kopf muss ausgeschaltet sein"
"หัวของคุณหรือหัวของเธอต้องหลุด"
"Treffen Sie Ihre Wahl!"
"เลือก!"
"Und beeilen Sie sich"
"และรีบไป"
Die Herzogin traf ihre Wahl
ดัชเชสตัดสินใจเลือก
und in einem Augenblick war die Herzogin verschwunden
และภายในครู่เดียวดัชเชสก็จากไป
Da sprach die Königin zu Alice
จากนั้นราชินีก็พูดกับอลิซ
"Weiter geht's mit dem Spiel"
"ไปต่อกับเกมกันเถอะ"
Alice war zu erschrocken, um ein Wort zu sagen
อลิซกลัวเกินกว่าจะพูดอะไรสักคำ
und langsam folgte sie ihrem Rücken zum Krocketplatz
และเธอค่อยๆ เดินตามเธอกลับไปที่พื้นครือก
Die ganze Zeit stritt sich die Dame mit den anderen Spielern
ตลอดเวลาที่ราชินีทะเลาะกับผู้เล่นคนอื่น ๆ
»Hacken Sie ihm den Kopf ab!«
"ตัดหัวเขา!"
"Hack ihr den Kopf ab!"
"ตัดหัวเธอ!"
"Hackt ihnen alle Köpfe ab!"
"ตัดหัวของพวกเขาออกทั้งหมด!"
Bald waren alle Spieler in Gewahrsam
ในไม่ช้าผู้เล่นทุกคนก็ถูกควบคุมตัว

nur der König, die Königin und Alice blieben zurück

มีเพียงกษัตริย์ ราชินี และอลิซเท่านั้นที่เหลืออยู่

Da ging die Königin, ganz außer Atem

จากนั้นราชินีก็จากไปด้วยลมหายใจไม่ออก

und sie ging mit Alice fort

และเธอก็เดินจากไปพร้อมกับอลิซ

Alice hörte, wie der König leise etwas sagte

อลิซได้ยินกษัตริย์พูดอะไรบางอย่างอย่างเงียบ ๆ

"Ihr seid alle begnadigt"

"พวกคุณได้รับการอภัยโทษแล้ว"

aber plötzlich hörte man einen neuen Schrei

แต่ทันใดนั้นก็ได้ยินเสียงร้องอีกครั้ง

"Der Prozess beginnt!"

"การพิจารณาคดีกำลังเริ่มต้นขึ้น!"

und Alice lief mit den andern

และอลิซก็วิ่งไปพร้อมกับคนอื่นๆ

Wer hat die Torten gestohlen?
ใครขโมยทาร์ต?

Der Herzkönig und die Herzkönigin saßen
กษัตริย์และราชินีแห่งหัวใจนั่งอยู่

sie saßen auf ihrem Thron, als Alice ankam
พวกเขาอยู่บนบัลลังก์เมื่ออลิซมาถึง

Eine große Menschenmenge war um sie herum versammelt
มีฝูงชนจำนวนมากมารวมตัวกันรอบตัวพวกเขา

Es gab allerlei kleine Vögel und Bestien
มีนกตัวน้อยและสัตว์ร้ายทุกชนิด

Und da war das ganze Kartenspiel
และมีการ์ดทั้งซอง

Der Spitzbube stand in Ketten vor ihnen
มีดยืนอยู่ตรงหน้าพวกเขาด้วยโซ่

und auf jeder Seite war ein Soldat, der ihn bewachte
และมีทหารอยู่แต่ละด้านคอยเฝ้าพระองค์

in der Nähe des Königs war das weiße Kaninchen
ใกล้กษัตริย์คือกระต่ายขาว

Er hatte eine Trompete in der einen Hand
เขามีแตรอยู่ในมือข้างหนึ่ง

Und in der andern Hand hielt er eine Pergamentrolle
และเขามีม้วนกระดาษหนังอยู่ในมืออีกข้างหนึ่ง

In der Mitte des Platzes stand ein Tisch
ตรงกลางศาลมีโต๊ะ

Auf dem Tisch stand eine große Schüssel mit Torten
บนโต๊ะมีทาร์ตจานใหญ่

**"Ich wünschte, sie würden den Prozess zu Ende bringen",
dachte Alice**

"ฉันหวังว่าพวกเขาจะพิจารณาคดีให้เสร็จ" อลิซคิด

"Dann könnten wir etwas von diesen Erfrischungen essen!"

"ถ้าอย่างนั้นเราก็กินเครื่องดื่มเหล่านั้นได้!"

Der Richter war übrigens der König

ผู้พิพากษาคือกษัตริย์

und er trug seine Krone über seiner großen Perücke

และเขาสวมมงกุฎของเขาเหนือวิกผมขนาดใหญ่ของเขา

»Das ist die Loge der Geschworenen!« dachte Alice

"นั่นคือกล่องคณะลูกขุน" อลิซคิด

"Und diese zwölf Geschöpfe, ich nehme an, sie sind die Geschworenen"

"และสิ่งมีชีวิตสิบสองคนนั้น ฉันคิดว่าพวกเขาเป็นลูกขุน"

einige waren Tiere, andere waren Vögel

บางตัวเป็นสัตว์และบางตัวเป็นนก

In diesem Augenblick schrie das weiße Kaninchen auf
กระต่ายขาวก็ร้องออกมา

"Schweigen im Gericht!"
"เงียบในศาล!"

»Herold, lesen Sie die Anklage!« sagte der König
"เฮรัลด์ อ่านข้อกล่าวหา!" กษัตริย์ตรัส

Das weiße Kaninchen blies drei Stöße auf die Trompete
กระต่ายขาวเป่าทรัมเป็ตสามครั้ง

dann entrollte er die Pergamentrolle
จากนั้นเขาก็คลี่ม้วนกระดาษ

Und er las folgendes:
และเขาอ่านดังนี้:

"Die Königin der Herzen, sie hat ein paar Torten gebacken."
"ราชินีแห่งหัวใจ เธอทำทาร์ต"

"All das tat sie an einem Sommertag"
"ทั้งหมดนี้เธอทำในวันฤดูร้อน"

"Der Schurke der Herzen, er hat diese Torten gestohlen"
"มีดแห่งหัวใจ เขาขโมยทาร์ตเหล่านั้น"

"Und er hat diese Torten weit weg gebracht!"
"และเขาก็เอาทาร์ตเหล่านั้นไปไกล!"

»Rufen Sie den ersten Zeugen,« sagte der König
"เรียกพยานคนแรก" กษัตริย์ตรัส

und das weiße Kaninchen blies drei Stöße auf die Trompete
และกระต่ายขาวก็เป่าแตรสามครั้ง

»Bringt den ersten Zeugen!« rief er
"นำพยานคนแรกมา!" เขาตะโกน

Der erste Zeuge war der Hutmacher
พยานคนแรกคือช่างทำหมวก

Er kam mit einer Teetasse in der einen Hand herein
เขาเข้ามาพร้อมถ้วยชาในมือข้างหนึ่ง

Und in der anderen Hand hatte er ein Stück Brot und Butter
และเขามีขนมปังและเนยชิ้นหนึ่งอยู่ในมืออีกข้างหนึ่ง

»Du hättest fertig sein sollen,« sagte der König
"ท่านควรจะจบแล้ว" กษัตริย์ตรัส

"Wann hast du angefangen?"
"คุณเริ่มเมื่อไหร่?"

Der Hutmacher schaute sich den Märzhasen an
ช่างทำหมวกมองไปที่กระต่ายเดินขบวน

Der Märzhase war ihm in den Hof gefolgt
กระต่ายเดินขบวนตามเขาเข้าไปในศาล

Er war Arm in Arm mit dem Siebenschläfer gegangen
เขาเดินจับมือกับหนูนอน

»Ich glaube, es war der vierzehnte März«, sagte er
"สิบสี่เดือนมีนาคม ฉันคิดว่ามันเป็นเช่นนั้น"

»Geben Sie Ihre Aussage,« sagte der König
"ให้หลักฐานของคุณ" กษัตริย์ตรัส

"Und sei nicht nervös, sonst lasse ich dich auf der Stelle hinrichten"
"และอย่าประหม่า ไม่งั้นฉันจะประหารชีวิตคุณทันที"

Das schien den Zeugen überhaupt nicht zu ermutigen
สิ่งนี้ดูเหมือนจะไม่สนับสนุนพยานเลย

Er rutschte immer wieder von einem Fuß auf den anderen
เขาขยับจากเท้าข้างหนึ่งไปอีกข้างหนึ่ง

und er sah die Königin unruhig an
และเขามองไปที่ราชินีอย่างไม่สบายใจ

und in seiner Verwirrung biß er ein großes Stück aus seiner Teetasse

เขากัดชิ้นใหญ่ออกจากถ้วยชาของเขา

Eigentlich wollte er von seinem Brot und seiner Butter beißen

จริงๆ แล้วเขาตั้งใจจะกัดขนมปังและเนยของเขา

In diesem Augenblick fühlte Alice eine sehr merkwürdige Empfindung

ในขณะนั้นอลิซรู้สึกอยากรู้อยากเห็นมาก

Sie fing an, wieder größer zu werden

เธอเริ่มโตขึ้นอีกครั้ง

Der unglückliche Hutmacher ließ seine Teetasse fallen

ช่างทำหมวกที่น่าสังเวชทำถ้วยชาหล่น

und das Brot und die Butter fielen zu Boden

ขนมปังและเนยก็ตกลงสู่พื้น

und er fiel auf die Knie

และเขาก็คุกเข่าลง

»Ich bin ein armer Mann, Eure Majestät,« begann er

"ข้าพเจ้าเป็นคนยากจน พระบาทสมเด็จพระเจ้าอยู่หัว"

»Du bist ein sehr schlechter Redner,« sagte der König

"คุณเป็นนักพูดที่แย่มาก" กษัตริย์ตรัส

»Du darfst gehen,« sagte der König

"ท่านไปได้" กษัตริย์ตรัส

und der Hutmacher verließ eilig den Hof

และช่างทำหมวกก็รีบออกจากศาล

»Rufen Sie den nächsten Zeugen her!« sagte der König

"เรียกพยานคนต่อไป!" กษัตริย์ตรัส

Der nächste Zeuge war die Köchin der Herzogin

พยานคนต่อไปคือพ่อครัวของดัชเชส

Sie trug die Pfefferdose in der Hand

เธอถือกล่องพริกไทยไว้ในมือ

Und die Leute in der Nähe der Tür fingen auf einmal an zu niesen

และผู้คนใกล้ประตูก็เริ่มจามพร้อมกัน

»Geben Sie Ihre Aussage,« sagte der König

"ให้หลักฐานของคุณ" กษัตริย์ตรัส

»Ich will nichts beweisen,« sagte die Köchin

"ฉันจะไม่ให้หลักฐาน" พ่อครัวกล่าว

Der König sah das weiße Kaninchen ängstlich an

กษัตริย์มองกระต่ายขาวด้วยความกังวล

Und das weiße Kaninchen sprach mit leiser Stimme

และกระต่ายขาวพูดด้วยเสียงเบา ๆ

"Eure Majestät müssen diesen Zeugen ins Kreuzverhör nehmen"

"พระบาทสมเด็จพระเจ้าอยู่หัวทรงสอบปากคำพยานคนนี้"

»Nun, wenn ich muß, so muß ich,« sagte der König

"ถ้าฉันต้อง ฉันก็ต้อง" กษัตริย์กล่าว

"Woraus bestehen Torten?"

"ทาร์ตทำมาจากอะไร"

»Torten werden meistens aus Pfeffer gemacht«, sagte die Köchin

"ทาร์ตส่วนใหญ่ทำจากพริกไทย" พ่อครัวกล่าว

Einige Minuten lang war der ganze Hof in Verwirrung

สักครู่ทั้งศาลสับสน

Schließlich ließen sie sich alle wieder nieder

ในที่สุดพวกเขาก็กลับมาตั้งรกรากอีกครั้ง

Aber da war die Köchin schon verschwunden

แต่เมื่อถึงตอนนั้นพ่อครัวก็หายตัวไป

»Macht nichts!« sagte der König

"ไม่เป็นไร!" กษัตริย์ตรัส

"Rufen Sie den nächsten Zeugen in den Zeugenstand"

"เรียกพยานคนต่อไปมายืน"

Alice beobachtete das weiße Kaninchen, wie es an der Liste herumfummelte

อลิซเฝ้าดูกระต่ายขาวขณะที่เขาคลำรายการ

Sie können sich vorstellen, wie überrascht sie war, als sie das hörte, was sie als nächstes hörte

คุณสามารถจินตนาการถึงความประหลาดใจของเธอกับสิ่งที่เธอไ

ด้ยินต่อไป

Mit lauter schriller kleiner Stimme rief er den Namen »Alice!«

เขาเรียกชื่อว่า "อลิซ!"

»Hier!« rief Alice

"นี่!" อลิซร้อง

Sie sprang in großer Eile auf

เธอกระโดดขึ้นอย่างรีบร้อน

und sie kippte die Geschworenenloge um

และเธอก็พลิกคว่ำกล่องคณะลูกขุน

und sie warf alle Geschworenen um

และเธอก็ล้มคณะลูกขุนทั้งหมด

und sie fielen auf die Köpfe der Menge unten

และพวกเขาก็ล้มลงบนศีรษะของฝูงชนด้านล่าง

Alice war in großer Bestürzung

อลิซตกใจมาก

»Oh, ich bitte um Verzeihung!« rief sie aus

"โอ้ ฉันขอโทษ!" เธออุทาน

»Der Prozeß kann nicht fortgesetzt werden,« sagte der König

"การพิจารณาคดีไม่สามารถดำเนินต่อไปได้" กษัตริย์ตรัส

"Die Geschworenen müssen wieder an ihre angestammten Plätze zurückkehren"

"คณะลูกขุนต้องกลับไปอยู่ในที่ที่เหมาะสม"

Er wiederholte den Befehl mit großem Nachdruck

เขาย้ำคำสั่งด้วยความเน้นย้ำ

und er sah Alice streng an

และเขามองอลิซอย่างเคร่งครัด

"Was weißt du über diese Ereignisse?" fragte der König Alice

"คุณรู้อะไรเกี่ยวกับเหตุการณ์เหล่านี้" กษัตริย์ถามอลิซ

»Ich weiß nichts von der Sache,« sagte Alice

"ฉันไม่รู้อะไรเลยในเรื่องนี้" อลิซกล่าว

Dann las der König aus seinem Buch vor

จากนั้นกษัตริย์อ่านจากหนังสือของเขา

"Regel zweiundvierzig"

"กฎสี่สิบสอง"

"Alle Personen, die mehr als eine Meile hoch sind, sollen das Gericht verlassen"

"ทุกคนที่สูงเกินหนึ่งไมล์จะต้องออกจากศาล"

»Ich bin keine Meile hoch,« sagte Alice

"ฉันไม่สูงสักไมล์" อลิซกล่าว

»Fast zwei Meilen hoch,« sagte die Königin

"สูงเกือบสองไมล์" ราชินีตรัส

»Nun, ich weigere mich zu gehen,« sagte Alice

"ฉันปฏิเสธที่จะไป" อลิซกล่าว

Der König erbleichte

กษัตริย์หน้าซีด

und er schloß hastig sein Notizbuch

และเขาก็รีบปิดสมุดบันทึกของเขา

»Überlegen Sie sich Ihr Urteil«, sagte er zu den Geschworenen

"พิจารณาคำตัดสินของคุณ" เขาพูดกับคณะลูกขุน

Er sprach mit leiser, zitternder Stimme

เขาพูดด้วยน้ำเสียงต่ำและสั่นสะเทือน

Da sprach das weiße Kaninchen

จากนั้นกระต่ายขาวก็พูด

"Es werden noch mehr Beweise kommen"

"ยังมีหลักฐานเพิ่มเติมที่จะมา"

und er sprang in großer Eile auf

และเขาก็กระโดดขึ้นอย่างเร่งรีบ

"Dieses Papier wurde gerade abgeholt"

"กระดาษนี้เพิ่งหยิบขึ้นมา"

"Es scheint ein Brief des Gefangenen zu sein"

"ดูเหมือนว่าจะเป็นจดหมายที่เขียนโดยนักโทษ"

Er faltete das Papier auseinander, während er sprach

เขากางกระดาษออกขณะพูด

"Es ist doch kein Brief"

"มันไม่ใช่จดหมาย"

"Was es war, war eine Reihe von Versen"

"สิ่งที่เป็นชุดของข้อ"

»Bitte, Eure Majestät,« sagte der Spitzbube

"ได้โปรด พระบาทสมเด็จพระเจ้าอยู่หัว" มีดกล่าว

"Ich habe diese Verse nicht geschrieben"

"ฉันไม่ได้เขียนข้อเหล่านั้น"

"und sie können nicht beweisen, dass ich etwas geschrieben habe"

"และพวกเขาไม่สามารถพิสูจน์ได้ว่าฉันเขียนอะไรเลย"

"Am Ende ist kein Name unterschrieben"

"ไม่มีชื่อลงนามในตอนท้าย"

Der König sprach mit dem Spitzbuben

กษัตริย์ตรัสกับมีด

"Du musst vorgehabt haben, Unheil anzurichten"

"คุณคงตั้งใจจะก่อความชั่วร้าย"

"Sonst hättest du wie ein ehrlicher Mann unterschrieben"

"ไม่เช่นนั้นคุณคงเซ็นชื่อเหมือนคนซื่อสัตย์"

Es gab ein allgemeines Händeklatschen

มีเสียงปรบมือทั่วไป

Und der König wandte sich an das weiße Kaninchen

และกษัตริย์ก็หันไปหากระต่ายขาว

»Lest die Verse!« befahl er.

"อ่านโองการ" เขาสั่ง

Es herrschte Totenstille im Gerichtssaal

มีความเงียบสงบในศาล

und das weiße Kaninchen las die Verse vor

และกระต่ายขาวก็อ่านโองการ

Sie sagten mir, du wärst bei ihr gewesen

พวกเขาบอกฉันว่าคุณเคยไปหาเธอ

Und sie erwähnten mich ihm gegenüber

และพวกเขาก็พูดถึงฉันกับเขา

Sie gab mir einen guten Charakter

เธอให้ตัวละครที่ดีแก่ฉัน

Aber sie sagte, ich könne nicht schwimmen

แต่เธอบอกว่าฉันว่ายน้ำไม่เป็น

Er ließ ihnen wissen, dass ich nicht gegangen sei

เขาส่งข่าวให้พวกเขาว่าฉันไม่ได้ไป

Wir wissen, dass es wahr ist

เรารู้ว่ามันเป็นความจริง

Wenn sie die Sache vorantreiben sollte, was würde aus dir werden?

ถ้าเธอผลักดันเรื่องนี้ต่อไป จะเกิดอะไรขึ้นกับคุณ?

Ich gab ihr einen, sie gaben ihm zwei

ฉันให้เธอหนึ่ง พวกเขาให้เขาสอง

Du hast uns drei oder mehr gegeben

คุณให้เราสามหรือมากกว่านั้น

Sie sind alle von ihm zu dir zurückgekehrt

พวกเขาทั้งหมดกลับมาจากพระองค์ถึงคุณ

obwohl sie vorher meine waren

แม้ว่าพวกเขาจะเป็นของฉันมาก่อน

Wenn ich oder sie die Chance haben sollte,

ถ้าฉันหรือเธอมีโอกาสเป็น

Wenn ich oder sie in diese Affäre verwickelt wäre

ถ้าฉันหรือเธอมีส่วนเกี่ยวข้องกับเรื่องนี้

Er vertraut auf dich, dass du sie befreien wirst

พระองค์ทรงวางใจให้คุณปลดปล่อยพวกเขา

Genau so wie wir waren

ตรงอย่างที่เราเป็น

Ich hatte den Eindruck, dass Sie

ความคิดของฉันคือคุณเคยเป็น

Bevor sie diesen Anfall hatte

ก่อนที่เธอจะพอดี

Ein Hindernis, das dazwischen kam

อุปสรรคที่มาระหว่าง

Er und wir und es

พระองค์ และตัวเราเอง และมัน

Lass ihn nicht wissen, dass sie ihr am besten gefallen haben

อย่าให้เขารู้ว่าเธอชอบพวกเขามากที่สุด

Denn dies muss für immer ein Geheimnis bleiben, das vor allen anderen verborgen bleibt

เพราะนี่ต้องเป็นความลับตลอดไป

ถูกเก็บไว้จากส่วนที่เหลือทั้งหมด

Dieses Geheimnis muss ein Geheimnis zwischen dir und mir bleiben

ความลับนี้ต้องยังคงเป็นความลับระหว่างคุณกับฉัน

Der König war sehr beeindruckt

กษัตริย์ประทับใจมาก

"Das ist das wichtigste Beweisstück, das wir bisher gehört haben"

"นั่นเป็นหลักฐานที่สำคัญที่สุดที่เราเคยได้ยินมา"

»Ich glaube nicht, daß diese Verse auch nur ein Atom Bedeutung haben,« wandte Alice ein

"ฉันไม่เชื่อว่าข้อพระคัมภีร์เหล่านั้นมีความหมาย" อลิซคัดค้าน

der König hatte seine eigene Meinung zu dieser Angelegenheit

กษัตริย์มีความเห็นของพระองค์เองในเรื่องนี้

"Wenn diese Worte keinen Sinn haben, erspart das eine Menge Ärger"

"ถ้าไม่มีความหมายในคำพูดเหล่านั้น
นั่นจะช่วยโลกแห่งปัญหาได้"
"Dann brauchen wir nicht zu versuchen, den Sinn zu
finden"
"ถ้าอย่างนั้นเราไม่จำเป็นต้องพยายามหาความหมาย"
"Lassen Sie die Geschworenen über ihr Urteil nachdenken"
"ให้คณะลูกขุนพิจารณาคำตัดสินของพวกเขา"
»Nein, nein!« sagte die Königin
"ไม่ ไม่!" ราชินีกล่าว
"Erst die Verurteilung, dann das Urteil"
"ตัดสินก่อน—คำตัดสินหลังจากนั้น"
"Zeug und Unsinn!" sagte Alice laut
"เรื่องไร้สาระ!" อลิซพูดเสียงดัง
"Wie dumm ist es, den Angeklagten zuerst zu verurteilen!"
"มันโง่แค่ไหนที่จะตัดสินจำเลยก่อน!"

»Schweige!« sagte die Königin und färbte sich violett an

"กลั้นลิ้น!" ราชินีพูด เปลี่ยนเป็นสีม่วง

"Ich werde nicht den Mund halten!" sagte Alice

"ฉันจะไม่กลั้นลิ้น!" อลิซกล่าว

schrie die Königin aus voller Kehle

ราชินีตะโกนด้วยเสียงสูงสุด

"Hack ihr den Kopf ab!"

"ตัดหัวของเธอ!"

Niemand machte eine Bewegung

ไม่มีใครเคลื่อนไหว

"Wen kümmert es, was du sagst?" sagte Alice

"ใครสนใจสิ่งที่คุณพูด" อลิซกล่าว

Zu diesem Zeitpunkt war sie bereits zu ihrer vollen Größe herangewachsen

เธอโตเต็มขนาดในเวลานี้

"Du bist nichts als ein Kartenspiel!"

"คุณไม่มีอะไรนอกจากการ์ดแพ็ค!"

Bei diesen Worten hoben sich alle Karten in die Luft

เมื่อถึงจุดนี้ ไพ่ทั้งหมดลอยขึ้นในอากาศ

und alle Karten flogen auf sie herab

และไพ่ทั้งหมดก็บินลงมาหาเธอ

Sie stieß einen kleinen Schrei aus

เธอกรีดร้องเล็กน้อย

Sie war halb erschrocken, aber auch wütend

เธอกลัวครึ่งหนึ่ง แต่ก็โกรธเช่นกัน

Und sie versuchte, sich gegen die Karten zu wehren

และเธอพยายามต่อสู้กับไพ่ของตัวเอง

Und dann fand sie sich auf der Grasbank liegend

แล้วเธอก็พบว่าตัวเองนอนอยู่บนตลิ่งหญ้า

Ihr Kopf lag im Schoß ihrer Schwester

ศีรษะของเธออยู่ในตักของน้องสาวของเธอ

Einige abgestorbene Blätter waren auf ihrem Gesicht gelandet

ใบไม้ที่ตายแล้วตกลงบนใบหน้าของเธอ

und ihre Schwester wischte vorsichtig die Blätter weg

และน้องสาวของเธอก็ค่อยๆ ปัดใบไม้ออก

»Wach auf, liebe Alice!« sagte die Schwester

"ตื่นขึ้นเถอะ อลิซที่รัก!" น้องสาวของเธอพูด

"Was für einen langen Schlaf hast du gehabt!"

"คุณนอนหลับนานมาก!"

"Oh, ich habe so einen merkwürdigen Traum gehabt!" sagte Alice

"โอ้ ฉันฝันอยากรู้อยากเห็น!" อลิซกล่าว

Und sie erzählte ihrer Schwester alles, woran sie sich erinnern konnte

และเธอก็บอกน้องสาวของเธอทุกอย่างที่เธอจำได้

all die seltsamen Abenteuer, von denen Sie gerade gelesen haben

การผจญภัยแปลก ๆ ทั้งหมดที่คุณเพิ่งอ่าน

Alice stand auf und rannte davon

อลิซลุกขึ้นและวิ่งหนีไป

Und während sie lief, dachte sie an ihren Traum

และเธอคิดถึงความฝันของเธอในขณะที่เธอวิ่ง

"Was für ein wunderbarer Traum das gewesen war!"

"ช่างเป็นความฝันที่ยอดเยี่ยมจริงๆ!"

www.ingramcontent.com/pod-product-compliance
Lightning Source LLC
Chambersburg PA
CBHW011043190726
48290CB00011B/2973